Chères lectrices,

L'Egypte. Si vous êtes, comme moi, fascinées par son passé millénaire, ses merveilles archéologiques, sa mythologie fascinante, vous suivrez avec un plaisir infini les pas de Liv, la ravissante héroïne de *Amoureuse du cheikh* (Azur n°2858), qui se réjouit à l'idée de découvrir ce pays de légendes. Mais une suite d'événements va bien vite avoir raison de sa soif de découvertes et plonger la jeune femme dans un terrible cauchemar… Heureusement, grâce au ténébreux et magnifique cheikh Khalid Fehr, ce mauvais rêve finira par se dissiper, avant de faire place à un lumineux et tendre paradis d'amour… J'espère que vous prendrez autant de plaisir que moi à la lecture de ce roman, dernier volet du formidable diptyque de Jane Porter.

Je vous invite également à lire la suite de la trilogie de Carole Mortimer, « La Saga des Gambrelli » (Azur n° 2860, *Un troublant ange gardien)*. Dans ce roman au style enlevé, vous serez au cœur des relations passionnées entre le comte Carlo Gambrelli et Angel, la belle et farouche jeune femme sur laquelle il doit veiller. Alors que tout semble les opposer, ils sont irrésistiblement attirés l'un vers l'autre… Nul doute qu'étincelles et étreintes brûlantes seront au rendez-vous !

Enfin, les autres romans du mois vous offriront de merveilleux moments de rêve et d'évasion.

Très bonne lecture !

La responsable de collection

L'enfant des Kolovsky

CAROL MARINELLI

L'enfant des Kolovsky

COLLECTION AZUR

éditions Harlequin

Si vous achetez ce livre privé de tout ou partie de sa couverture, nous vous signalons qu'il est en vente irrégulière. Il est considéré comme « invendu » et l'éditeur comme l'auteur n'ont reçu aucun paiement pour ce livre « détérioré ».

Cet ouvrage a été publié en langue anglaise
sous le titre :
EXPECTING HIS LOVE-CHILD

Traduction française de
CAROLINE JUGNET

83-85, boulevard Vincent-Auriol, 75013 PARIS — Tél. : 01 42 16 63 63
Service Lectrices — Tél. : 01 45 82 47 47
ISBN 978-2-2808-4880-0 — ISSN 0993-4448

1.

Ils étaient en train de rompre, décida Millie. Ou plutôt, c'est lui qui voulait la quitter.

Dans la salle du restaurant très haut de gamme de Melbourne où elle servait jusque tard dans la soirée, Millie Andrews se distrayait en inventant des histoires à partir de ce qu'elle entendait des conversations des clients.

A présent que l'horloge indiquait plus de minuit, seules trois tables étaient encore occupées.

L'une avait accueilli un dîner d'affaires bien arrosé, qui touchait heureusement à sa fin car le bar avait fermé. A l'autre était assis un couple un peu emprunté, dont la femme terminait son poisson et sa salade sans vinaigrette, visiblement mal à l'aise dans sa robe de velours noir très ajustée. Elle venait d'avoir un bébé, en conclut Millie, et son très beau mari, un homme du genre passif et agressif à la fois, ne se gênait pas pour lui rappeler insidieusement de veiller à sa ligne — « tu ne vas tout de même pas prendre de dessert, ma chérie ? »

Et puis, il y avait ce couple magnifique.

Svelte, blonde et les nerfs à vif, une superbe jeune femme tendait la main vers son… son mari ? Son fiancé ? Millie avait du mal à le dire. Aucun des deux, trancha-t-elle, mais plutôt son petit ami, ou peut-être juste son amant… qu'elle implorait d'une voix brisée de bien vouloir l'écouter « rien qu'un instant », tandis qu'il la regardait d'un air impassible, indifférent à ses prières.

— Je t'en supplie… Si seulement tu voulais bien m'écouter… m'écouter vraiment…

Bien sûr, ils étaient trop riches pour prêter attention à la simple serveuse qui débarrassait leurs assiettes presque intactes, et Millie ne perdait pas une miette de leur conversation.

Une nouvelle fois, la beauté blonde tendit la main vers l'homme, le conjurant de lui laisser une chance.

— S'il te plaît, gémit-elle d'une voix étranglée par les sanglots, ses magnifiques yeux bleus brillants de larmes. Prends au moins le temps d'écouter ce que j'ai à te dire…

— Peut-être que c'est *toi* qui devrais m'écouter, maugréa-t-il.

Il avait un accent étranger, et sa voix profonde et grave était ensorcelante.

— J'ai passé toute la soirée à te répéter que ça n'arriverait pas, poursuivit-il. Mais tu remets sans cesse la discussion sur le tapis.

Il était russe, comprit soudain Millie, qui prit tout son temps pour débarrasser leurs couverts. Il avait laissé une bonne moitié de son tournedos dans l'assiette et à peine touché à sa garniture.

— Et pourquoi donc, à ton avis ?

Dans un cas comme celui-ci, Millie était censée demander aux clients si le repas leur avait convenu, si par hasard quelque chose leur avait déplu, mais l'ambiance à la table était tellement tendue qu'elle n'eut pas le courage de les interrompre. Et puis, c'était sa dernière soirée à Melbourne, alors au diable le protocole !

— Quand vas-tu enfin te mettre dans le crâne que je ne changerai pas d'avis. Ni aujourd'hui ni jamais !

Tout en s'éloignant, et alors même que les cuisines étaient depuis longtemps fermées, Millie fut tentée de leur proposer le dessert figurant au menu. Pour un peu, elle se serait sentie prête à monter elle-même les œufs en neige devant eux, si cela pouvait lui permettre de continuer à les écouter.

Car elle était *fascinée.*

Elle l'avait été à la seconde même où ils étaient entrés.

Fascinée par *lui.*

Quand ils avaient pénétré dans le restaurant, un murmure avait parcouru la salle et tous les regards s'étaient tournés vers lui. Grand, vêtu d'un costume gris anthracite et l'air ombrageux, l'homme avait jeté un coup d'œil maussade autour de lui tout en desserrant son nœud de cravate. Millie s'était demandé un instant d'où lui venait cette vague impression de l'avoir déjà vu.

Ross, son patron, s'était empressé de conduire le couple à la meilleure table, au fond du restaurant. Puis il avait fait quelques recommandations à Millie avant de l'envoyer prendre leurs commandes.

« Leurs désirs sont des ordres, compris ? »

Sa petite amie était magnifique, certes, mais l'homme l'éclipsait presque complètement tant il était…

… d'une beauté sublime.

En tant qu'artiste, Millie avait l'habitude qu'on lui demande d'où lui venait son inspiration. Et ce soir, un fragment de réponse se trouvait dans la salle.

A douze heures de son départ, elle aurait dû se préoccuper des derniers préparatifs, additionner ses pourboires afin d'être certaine qu'elle pourrait s'offrir une étape d'une nuit à Singapour, avant de rentrer chez elle, à Londres. Pourtant, chacune de ses pensées était tournée vers cet homme qui la subjuguait tellement.

La structure de son visage était parfaite, et ses traits si harmonieux que Millie mourait d'envie de sortir son bloc à dessins pour reproduire l'admirable symétrie de ses hautes pommettes saillantes et sa mâchoire affirmée, ombrée par une barbe de quelques jours qui contrastait à merveille avec sa peau claire. Ses cheveux étaient assez longs et épais, trop sombres pour être qualifiés de bruns, mais pas tout à fait noirs cependant ; et quelle que soit la palette de couleurs que son créateur avait utilisée pour obtenir cette nuance, le pinceau avait dû être trempé deux fois dans le même mélange car ses yeux ensorceleurs étaient de la même couleur, juste un peu plus profonde et brillante.

Elle voulait capturer son incroyable beauté, faire de lui le seul sujet de son œuvre. Le reste — la femme, les autres clients, le personnel et la rue —, se dit Millie en ébauchant en esprit le croquis, elle en ferait des poupées russes qui rapetisseraient jusqu'à disparaître complètement.

— Tu n'es qu'une ordure ! dit soudain sa petite amie, lui crachant presque les mots au visage.

— Je dois tenir ça de mon père, répondit-il sans sourciller.

— Alors c'est tout ? Ce que je t'ai dit, tu n'en as rien à faire ?

Il ne répondit rien, mais eut l'audace de bâiller d'un air las.

— Tu ne vas même pas y réfléchir ? insista-t-elle en fondant en larmes.

De nouveau, il resta silencieux.

Jusqu'alors, Millie n'avait pas réussi à deviner la nature de leur relation, mais en voyant la jeune femme se lever et quitter le restaurant, toujours élégante malgré sa démarche chancelante et son visage inondé de pleurs, elle comprit qu'à partir de ce moment précis, la belle blonde ne faisait plus partie de sa vie.

— Elle s'attend sûrement à ce que je lui coure après…

Stupéfaite qu'il lui adresse la parole, Millie se tourna vivement vers l'homme. Il braquait sur elle ses yeux sombres aux cils si épais, au regard si intense que, pendant une fraction de seconde, elle eut l'impression que la terre s'arrêtait de tourner.

« C'est ce que j'espèrerais, moi aussi », pensa-t-elle à part elle, étonnée de voir qu'il ne paraissait pas du tout embarrassé qu'une humble serveuse ait été le témoin de leur dispute.

— Je vais rester ici un petit moment encore, enchaîna-t-il. Avec un peu de chance, elle aura compris le message et sera rentrée chez elle.

— Ou alors, elle va vous appeler sur votre portable, suggéra Millie en rougissant jusqu'aux oreilles, car même si leur conversation n'avait rien de déplacé, le personnel n'avait pas à se mêler de la vie des clients.

Les consignes de la direction étaient claires : dans ce genre de situation, elle devait se contenter de sourire poliment et se remettre au travail.

Seulement, elle n'en fit rien.

Au lieu de cela, elle resta rivée sur place, captivée par le regard perçant de son interlocuteur, grisée d'avoir la chance de pouvoir le contempler de si près et de converser avec lui.

Et, à n'en pas douter, l'homme était conscient du pouvoir qu'il avait sur elle car, au lieu de détourner les yeux, il la fixait obstinément.

— C'est ce que vous feriez à sa place ?

— Peut-être…, répondit-elle d'une voix haletante.

Alors qu'elle s'efforçait de reprendre son souffle, elle sentit brusquement ses seins pointer sous son chemisier ajusté.

— Une fois que j'aurais recouvré mon calme, que j'aurais…

Interrompue par la sonnerie du portable de l'homme, Millie laissa sa phrase en suspens. Et ce fut à ce moment précis qu'elle franchit la ligne rouge. Au lieu de s'éclipser, elle continua à l'observer, contemplant ses mains tandis qu'il se saisissait de son téléphone, se demandant s'il était lui aussi un artiste, ce qui aurait pu expliquer l'attirance irrésistible qu'elle éprouvait pour lui.

— Merci de m'avoir prévenu ! dit-il en coupant la sonnerie de son portable.

— Je vous en prie, répondit-elle d'une voix faible, assaillie par une onde de désir d'une telle intensité qu'elle s'empourpra de nouveau.

Pour la première fois, le visage de l'homme s'éclaira d'un sourire.

— Un autre, s'il vous plaît, demanda-t-il en pointant son verre du doigt.

Millie était sur le point de refuser, de lui dire que le bar était fermé, quand elle se rappela soudain les recommandations de son patron. Elle acquiesça donc avec un sourire et s'éloigna doucement.

— A quoi jouez-vous ? lui demanda Ross d'un ton désapprobateur, dès qu'elle arriva près du bar.

— De quoi parlez-vous ?

— Allons, Millie, ne faites pas l'innocente ! Vous aviez l'air de très bien vous entendre avec Levander.

Aussitôt, le rouge monta aux joues de la jeune femme, non tant parce qu'elle avait été surprise en train de flirter avec un client que parce que le prénom même de l'homme était terriblement sexy.

— Nous ne faisions que discuter un peu. Vous m'avez demandé de bien m'occuper de lui. Reconnaissez qu'il aurait été inconvenant de tourner les talons alors qu'il s'adressait à moi.

— Après tout, vous êtes une grande fille. Mais ne venez pas vous plaindre s'il se montre entreprenant. Voulez-vous que je lui apporte moi-même son verre ?

— Non merci, je vais m'en charger. Vous ne pensez pas qu'on devrait aussi donner à ces hommes d'affaires le porto qu'ils désiraient ? S'ils nous voient en train de servir un autre client, ils risquent de mal le prendre.

— Le bar est fermé, répliqua Ross en versant un généreux trait de vodka dans un verre qu'il posa sur le comptoir. Pour quiconque n'est pas un Kolovsky, en tout cas.

— Kolovsky ? répéta Millie, les sourcils froncés, essayant de se rappeler où elle avait déjà entendu ce nom et espérant que Ross lui en dise un peu plus.

— Le mot russe pour « argent » ! se contenta-t-il de répliquer avec un large sourire.

Le verre de vodka sur un plateau, Millie se dirigea vers l'homme. Le regard rivé à l'autre bout de la salle sur l'entrée du restaurant et la rue, il tambourinait nerveusement des doigts sur la table et, quand elle posa son verre devant lui, il ne daigna même pas jeter un coup d'œil distrait dans sa direction.

Etrangement déçue, elle s'attarda un moment, mais, en voyant qu'il continuait à l'ignorer, elle finit par retourner vers le bar.

— Vous allez pouvoir rentrer chez vous, vint l'informer Ross lorsque le dernier des hommes d'affaires eut quitté le restaurant en titubant.

Mais, brusquement, les mots qu'elle avait eu tellement envie d'entendre tout au long de la soirée ne lui paraissaient plus si agréables.

Elle tourna la tête vers l'homme. Il buvait sa vodka à petites gorgées, confortablement assis sur son siège.

— Je vais m'occuper des comptes, ajouta Ross en suivant son regard. Je crois qu'il n'est pas près de s'en aller.

Millie fronça les sourcils. Jamais elle n'avait vu son patron attendre avec autant de patience et de bonne humeur qu'un client se décide enfin à partir.

— Vous allez voir, c'est un homme très généreux, poursuivit-il en ouvrant le porte-addition de velours noir.

Millie resta interdite devant le nombre de grosses coupures qu'il contenait. Après avoir déduit le montant de la note, son patron lui tendit le reste des billets.

— On dirait que vous allez pouvoir prolonger votre étape à Singapour, finalement !

— Bonté divine ! s'exclama-t-elle en prenant son énorme pourboire.

— Vous le méritez amplement. Vous nous avez beaucoup apporté, dit-il en ouvrant le tiroir-caisse et en lui remettant l'enveloppe qui se trouvait à l'intérieur. Voici votre salaire et vos autres pourboires, ainsi qu'une lettre de recommandation. Sachez que si vous décidez de revenir à Melbourne, il y aura toujours une place pour vous ici.

Millie avait une sainte horreur des adieux, et, même si Ross n'était pas un ami, elle sentit les larmes lui monter aux yeux. Sans doute ne remettrait-elle jamais plus les pieds en Australie, son voyage de rêve destiné à lancer sa carrière s'étant soldé par un cuisant échec, mais elle le remercia chaleureusement, consciente que s'il ne l'avait pas embauchée, elle aurait dû repartir en Angleterre depuis longtemps.

Sans lui, elle en serait encore à se demander si elle aurait pu devenir un jour une artiste célèbre.

Maintenant, au moins, elle connaissait la réponse.

Même s'il lui restait des millions de choses à faire avant son départ, Millie décida de faire un détour par la galerie d'art afin de jeter un dernier coup d'œil à ses œuvres.

Alors qu'elle foulait bruyamment le pavé de ses escarpins aux talons usés, regardant à peine les vitrines illuminées des magasins chic, la devanture d'une boutique accrocha soudain son regard, et elle tourna si brusquement la tête qu'elle faillit se démettre le cou.

Maison Kolovsky.

La façade bleu azur et l'enseigne aux lettres dorées étaient connues dans le monde entier, mais si éloignées de l'univers de Millie qu'elle n'y avait pas vraiment prêté attention jusqu'alors.

Attirée comme un papillon de nuit par la lumière, elle s'approcha de la splendide vitrine et contempla avec ravissement les magnifiques drapés de soie, ainsi que les superbes opales blanches aux reflets irisés qui paraissaient avoir été déposées là au hasard ; mais elles produisaient un effet si saisissant qu'il ne faisait aucun doute pour Millie que la place de chaque gemme avait été soigneusement choisie, de même que celle des minuscules ampoules scintillantes qui faisaient chatoyer de mille feux les riches étoffes.

La maison Kolovsky était réputée pour ses collections de mode à couper le souffle, mais aussi pour la qualité de ses soieries riches et épaisses, censées capter la lumière de manière aussi magique et mystérieuse que les opales, et même — d'après ce qu'elle se rappelait avoir lu dans un magazine — changer de couleur suivant l'humeur de la femme qui les portait.

Millie était restée sceptique en lisant l'article, mais, à présent qu'elle voyait les teintes fabuleuses des étoffes et l'attention minutieuse accordée à chaque détail, elle arrivait presque à le croire.

Ce qu'elle trouvait beaucoup plus incroyable, en revanche, c'était ce qui s'était passé tout à l'heure : elle avait flirté avec Levander Kolovsky en personne !

Elle l'avait déjà vu, tout lui revenait à la mémoire maintenant. L'homme avait la réputation d'être un bourreau des cœurs, et il était la coqueluche des journaux à scandale de Melbourne.

Millie laissa échapper un gloussement. Quand Anton allait apprendre qu'elle avait flirté avec le plus grand séducteur de Melbourne !

Elle jeta un dernier coup d'œil à la vitrine, songeant qu'elle aurait adoré draper son corps de soieries aussi exquises. Mais pour l'heure, soupira-t-elle en reprenant sa marche vers la galerie d'Anton, située à deux pas de là, elle arrivait à peine à joindre les deux bouts.

Comme toujours quand elle voulait se remonter le moral, Millie songea qu'il était courant pour un artiste de connaître des débuts difficiles, mais, alors qu'elle arrivait devant la galerie, la froide réalité la frappa de plein fouet.

Très bientôt, elle ne serait plus une artiste qui tire le diable par la queue.

Au lieu de cela, elle serait enseignante…

En apercevant de la lumière à l'intérieur de la galerie, elle recula de quelques pas, ne voulant surtout pas qu'Anton voie ses yeux noyés de larmes tandis qu'elle disait adieu à ses rêves…

— Laquelle est la vôtre ?

Perdue dans son monde, Millie n'avait pas remarqué que quelqu'un s'était approché d'elle. Mais, en reconnaissant la voix de l'homme, elle tressaillit violemment.

— Celle-ci, répondit-elle en désignant d'une main tremblante sa petite peinture à l'huile.

La toile représentait un champ d'herbes et de fleurs où chaque pousse souriait et chaque fleur affichait une humeur différente. Un enfant de bois se tenait au milieu, le visage vide de toute expression. C'était le tableau préféré de Millie, et il faisait surgir chez elle tant de souvenirs et d'émotions que le vendre lui aurait brisé le cœur. Pourtant, c'était avec cette œuvre qu'elle avait espéré lancer sa carrière.

— Vous aviez pris des stupéfiants ?

La question était très déplacée, mais prononcée avec un accent si délicieusement sexy qu'il était tout simplement impossible de lui en vouloir.

Elle laissa échapper un petit rire.

— Je vous promets que non, répondit-elle en se tournant vers lui.

Le visage collé à la vitre, Levander étudiait avec soin la toile, et Millie se sentit extrêmement flattée qu'il essaie de comprendre son travail, plutôt que de se contenter d'y jeter un bref coup d'œil.

— Mon frère est autiste, poursuivit-elle. Quand j'étais plus jeune, je me rappelle avoir entendu le médecin expliquer à mes parents que la raison pour laquelle il ne témoignait jamais d'affection à personne était due au fait qu'à ses yeux, les êtres humains n'étaient pas plus importants que les nuages, les arbres, l'herbe et les animaux. Il les percevait comme des objets inanimés. Là, c'est moi, ajouta-t-elle en désignant l'enfant de bois au centre du tableau.

Pendant ce qui lui parut durer une éternité, Levander garda le silence, scrutant la toile avec une attention infinie.

— Autrefois, j'ai connu un garçon qui pleurait chaque fois qu'il devait aller au lit. Il ne se contentait d'ailleurs pas de pleurer, précisa-t-il en tournant son regard de braise vers elle. Tous les soirs, au moment d'aller se coucher, il était terrifié. Pensez-vous que, pour lui, le lit était vivant ? Que, peut-être, il s'imaginait qu'il risquait de le blesser ?

Troublée, elle se demanda un instant de qui il parlait.

— Je ne sais pas, mais je suppose que c'est possible, répondit-elle, comblée que son tableau ait provoqué chez lui un souvenir aussi fort.

— Au fait, puis-je connaître le nom de l'artiste ?

— Avec plaisir. Millie, répondit-elle avec un sourire. Millie Andrews.

— Votre accent..., dit-il en fronçant les sourcils. Vous êtes anglaise, n'est-ce pas ? Vous venez de Londres ?

— Tout juste.

— Et vous êtes en Australie pour longtemps ?

— Je repars demain, dit-elle avec un petit sourire amer.

— Quel dommage !

Bien des hommes avaient flirté avec elle dans le passé, mais jamais aussi ouvertement que Levander. Et, bien sûr, aucun n'était aussi divinement beau...

— Millie..., répéta-t-il d'un air songeur. C'est la première fois que j'entends ce prénom. C'est un diminutif ?

— Mon vrai prénom est Millicent, avoua-t-elle avec une grimace. Mes parents ne devaient pas avoir toute leur tête quand...

Elle s'interrompit en voyant Anton faire de grands gestes dans la vitrine, l'invitant avec enthousiasme à entrer. Et, même si elle mourait d'envie de prolonger cette merveilleuse conversation, elle dut se résoudre à prendre congé de Levander.

Mais, quand la porte de la galerie s'ouvrit, il lui saisit le bras et la suivit à l'intérieur. Elle sursauta, déstabilisée par son audace, mais plus encore par son étreinte chaude, incroyablement virile.

— Alors, ma chérie, prête à décoller ? demanda Anton de sa voix efféminée, tout en la serrant dans ses bras.

Dès qu'il aperçut Levander, il la lâcha comme un vieux chiffon.

— Ça par exemple, Millie ! s'exclama-t-il. Moi qui pensais que tu travaillais au restaurant ce soir.

— C'est... c'est ce que j'ai fait. Anton, je te présente...

— Je sais qui est ce monsieur ! la coupa-t-il, le visage radieux. Bienvenue monsieur Kolovsky, bienvenue ! Et permettez-moi de vous dire que j'adore votre nouvelle ligne de vêtements !

— Ce n'est pas la mienne, rectifia Levander avec un petit sourire. Je suis homme d'affaires, pas styliste.

— Tout de même, j'admire ce que vous faites, répondit Anton, avant de se répandre de nouveau en compliments.

Mais Levander ne l'écoutait déjà plus. Au lieu de cela, il flânait dans la galerie, observant les toiles accrochées au mur, certaines retenant un moment son attention et d'autres n'ayant droit qu'à un rapide coup d'œil.

— Tu le connais ? demanda-t-elle à Anton à voix basse.

Même si elle avait conscience d'être impolie, il fallait à tout prix qu'elle en sache plus sur Levander.

— Bien sûr. Tout le monde connaît les Kolovsky.

— Je veux dire, tu le connais *personnellement* ?

Anton poussa un soupir.

— J'aimerais bien. Son magasin ne se trouve qu'à quelques dizaines de mètres de ma galerie, mais un monde nous sépare. Cela dit, j'ai déjà rencontré ses frères..., ajouta-t-il, souriant devant son air intrigué. Ce sont des jumeaux. Des hommes superbes, eux aussi. Millie, as-tu la moindre idée de la notoriété de cette famille ? Ici, tout le monde a entendu parler des Kolovsky…

Il baissa brusquement la voix en voyant Levander revenir vers eux.

— Ah, monsieur Kolovsky ! J'étais justement en train de gronder Millie pour avoir osé s'afficher en votre compagnie dans sa tenue de serveuse, dit-il d'un ton grandiloquent, sauvant avec brio la situation. Remarquez, c'est peut-être aussi bien comme ça. Vous l'avez déjà vue sans ses vêtements de travail ?

— Pas encore, répondit Levander en déshabillant lentement la jeune femme du regard, lui donnant l'envie de disparaître sous terre. Mais j'attends cela avec beaucoup d'impatience.

— Eh bien, vous risquez d'être déçu. Elle a tout un tas de T-shirts et de shorts éclaboussés de peinture, mais en dehors de cela…

— J'ai remarqué que vous n'aviez qu'un seul tableau de Millie dans la vitrine. Pourtant, d'autres artistes en ont plusieurs.

— C'est vrai, mais ceux-là ont tous déjà vendu quelque chose, lui expliqua Anton avec un geste d'impuissance.

Puis il se tourna vers la jeune femme avec une grimace.

— Au fait, Millie chérie, tu sais que je n'ai pas l'intention de retirer tes toiles de ma galerie, mais l'espace est réduit, et, avec cette nouvelle exposition, je vais devoir déplacer tes autres…

— Vous exposez d'autres œuvres de Millie ? J'aimerais beaucoup les voir.

— Bien sûr, répondit Anton avant de la regarder avec des yeux écarquillés.

Il conduisit Levander tout au fond de la galerie, vers le petit pan de mur qui — pour l'instant en tout cas —, accueillait ses autres toiles.

— Vous n'avez pas assez confiance en votre talent, dit

Levander au bout d'un moment, tout en parcourant rapidement sa biographie. Il faut que vous montiez les prix.

— Au départ, ils étaient plus hauts. Mais je n'ai rien vendu.

— C'est une galerie chic ou non ? demanda-t-il en se tournant vers Anton, qui hésita un instant avant de hocher la tête. Les gens ne veulent pas exposer des croûtes sur leurs murs. Or, à ce prix-là, c'est l'impression que vous leur donnez.

— Mais Millie est inconnue du public, protesta-t-il timidement.

— *Pour l'instant*, précisa Levander en se tournant vers elle. Retravaillez votre biographie et revoyez vos prix à la hausse. A partir de maintenant, le coût de chaque toile doit être équivalent à celui de votre billet d'avion pour Melbourne — le prix que vous avez payé pour venir partager votre talent.

— Ça ne marchera pas…

— Ça ne coûte rien d'essayer, dit-il avant de se tourner de nouveau vers Anton. Et puis, il faut qu'au moins deux de ses tableaux soient visibles depuis l'extérieur.

— Levander…, répondit Anton, qui rougissait, flirtait et essayait en même temps de se montrer ferme. Ses toiles sont exposées depuis trois mois déjà. Je ne peux pas…

— Quand aura lieu cette exposition dont vous avez parlé ? l'interrompit-il. Ma belle-mère désire acquérir un autre tableau pour notre boutique de Melbourne. Peut-être devrais-je lui suggérer de venir ici ?

— Je lui ai déjà envoyé une invitation, répliqua Anton, l'air dubitatif. Comme chaque fois, elle l'a poliment déclinée.

— Nina n'a sans doute même pas vu votre invitation. Son assistante se sera chargée de répondre à sa place. Mais, si je lui en parle, vous pouvez être certain qu'elle viendra.

A l'instant même où Levander suggéra qu'un membre de sa famille assisterait au vernissage, Anton se transforma en pile électrique et envoya promptement Millie choisir une seconde toile pour la vitrine. Dès qu'elle eut terminé, Levander, l'air subitement las, la prit par la main et l'entraîna dehors.

— Vous ne… vous n'étiez pas obligé de faire ça, balbutia-t-elle une fois dans la rue.

— Nul n'est *obligé* de faire quoi que ce soit. Mais votre travail mérite d'être reconnu.

— Merci, répondit-elle, s'efforçant tant bien que mal de reprendre ses esprits. Vous pensez vraiment que votre belle-mère va venir ? Je veux dire, après tout, elle a déjà dit non… et je détesterais qu'Anton soit déçu. Il s'est montré plus que généreux avec moi.

— Elle viendra, affirma Levander. Quand je lui dirai qu'elle est attendue, que j'ai accepté en son nom, elle n'aura pas le choix.

— Que voulez-vous dire ?

— Elle ne voudra surtout pas paraître impolie. Dans ma famille, l'apparence compte plus que tout.

— Alors, encore merci… Vous n'avez pas idée de ce que ça représente pour moi.

— Détrompez-vous. Je connais l'importance d'une première vente. J'aurais d'ailleurs pu acheter moi-même l'une de vos toiles et braquer ainsi les projecteurs sur votre talent. Mais cela aurait été de la triche, n'est-ce pas ?

« A plus d'un titre », se dit-elle en levant les yeux vers son visage. A la lumière des réverbères, sa peau était très pâle, contrastant avec l'ombre de ses pommettes saillantes et la profondeur de ses yeux sombres.

— Ne vous inquiétez pas, elle se vendra, poursuivit-il d'une voix douce comme une caresse. Certaines choses, pourtant vraiment belles, n'accrochent pas le regard tout de suite. Parfois, il faut savoir prendre un peu de recul et les contempler de nouveau.

A n'en pas douter, c'était ce qu'il était en train de faire avec elle, la dévorant des yeux, son visage si proche qu'elle sentait la chaleur de son souffle sur sa peau. Pendant une seconde, elle s'imagina avec délice qu'il allait l'embrasser. Mais, finalement, ce fut son timbre chaud et grave qui l'envoûta.

— Donc, vous partez demain ?

— Oui. Demain matin.

— Et vous avez aimé Melbourne ?

— A vrai dire, je n'en ai pas vu grand-chose. J'ai visité quelques galeries, vu quelques expositions, mais j'ai passé la plus grande partie de mon temps enfermée à travailler…

Elle prononça ces derniers mots dans un souffle, prenant brutalement conscience que Levander risquait de s'imaginer qu'elle lui faisait un appel du pied.

— Suivez-moi ! ordonna-t-il en se dirigeant vers une calèche arrêtée dans la rue déserte, dont venaient de descendre des touristes.

Il cria au conducteur qui commençait à démonter l'attelage de s'arrêter.

— Désolé, monsieur, mais c'était la dernière promenade de la soirée. Je serai de retour demain.

— Je vais lui parler, dit Levander en se tournant vers elle.

— Ça ne fait rien. De toute façon, il est déjà très tard, dit-elle, le regard noyé dans le sien, avec l'impression de se débattre dans des sables mouvants. Je prends l'avion dans quelques heures seulement…

— Vous aurez tout le temps de dormir pendant le vol.

Soudain, dans un éclair de lucidité, Millie comprit qu'elle jouait avec le feu. Il n'y avait pas que ce qu'elle avait lu dans la presse à scandale : Ross lui-même l'avait mise en garde. Et, surtout, la petite amie de Levander n'avait pas vraiment dressé de lui un portrait flatteur…

« Tu n'es qu'une ordure ! »

La douleur dans la voix de la jeune femme était bien réelle, et il n'avait pas cherché à réfuter ses accusations.

Mon Dieu ! Qu'était-elle en train de faire ! Ce serait de la pure folie de suivre cet homme !

— Je vous assure…, dit-elle en déglutissant péniblement. Ce n’est pas une très bonne idée. Il me reste plein de choses à faire avant mon départ, et vous — eh bien vous…

— Ne vous en faites pas pour moi.

— Vous venez de rompre avec votre petite amie…, insista-t-elle, décidant d’aller droit au but. Vous devez vous sentir un peu…

— Vous ne savez rien de ce que je ressens…

Alors qu’elle s’attendait à ce qu’il la laisse en plan, furieux, il s’approcha d’elle et prit son visage brûlant entre ses mains.

— Et je n’ai pas rompu avec ma petite amie. Annika est ma demi-sœur…

— C’était avec votre *demi-sœur* que vous vous disputiez ?

Il hocha la tête.

— Qu’avez-vous entendu, au juste ? demanda-t-il en la scrutant avec attention.

— Rien, répondit Millie en rougissant.

Elle pouvait difficilement lui dire qu’elle avait entendu la jeune femme le traiter d’ordure.

— Je l’ai simplement vue quitter le restaurant.

— C’est tout ?

Après une brève hésitation, elle acquiesça.

— Vous savez, reprit-il, c’est très courant de se quereller entre frères et sœurs.

La respiration de Levander se mêla à la sienne, ses lèvres si proches et si appétissantes — comme un gâteau au chocolat en train de cuire et dont l’odeur viendrait lui chatouiller les narines — qu’elle devait lutter de toutes ses forces pour se retenir d’y goûter.

— C’est vraiment votre demi-sœur ? demanda-t-elle de nouveau, déchirée entre l’envie et la peur de le croire.

— Qui d’autre oserait me parler comme ça ? Attendez ! Je reviens…

Qu’avait-elle donc bien pu entendre ?

*
* *

L'esprit en ébullition, Levander se repassa en accéléré sa conversation avec Annika, essayant de se rappeler à quels moments Millie avait été présente.

Au début, il l'avait à peine remarquée — après tout, elle n'était qu'une serveuse, et il était bien trop préoccupé pour faire attention à elle. Mais, ensuite, elle était venue débarrasser son assiette…

Il avait senti son doux parfum, vu son petit sourire gêné quand elle avait croisé son regard, et il avait été reconnaissant à la jeune femme de détourner son attention de sa demi-sœur, juste au moment où celle-ci l'informait des exigences de la famille, à la manière d'un juge énonçant les faits reprochés à l'accusé.

Il était tellement plus agréable de contempler les joues roses de la serveuse, ses boucles blondes qui s'échappaient de sa queue-de-cheval et sa jolie bouche aux lèvres pulpeuses, tandis qu'elle mâchouillait le bout de son stylo, attendant avec un brin d'irritation de pouvoir prendre les commandes des bruyants businessmen.

Plus tard, quand Annika avait de nouveau insisté, quand la pression était devenue trop difficile à supporter et qu'il avait commencé à avoir du mal à contenir les émotions qui bouillonnaient en lui, il avait été soulagé de la voir revenir vers eux.

Son doux parfum — une délicate fragrance de vanille mêlée à une note plus verte — contrastait délicieusement avec l'odeur musquée du parfum Kolovsky dont Annika s'était aspergée.

Lorsqu'elle s'était penchée pour desservir leur table, il n'avait pas pu s'empêcher de regarder sa poitrine tendre le tissu de son chemisier et, quand elle s'était baissée pour ramasser une serviette tombée par terre et qu'il avait entrevu la peau nacrée de son décolleté, il avait été si troublé qu'il avait dû détourner la tête.

Il avait envie d'elle.

Donner au conducteur de la calèche une grosse liasse de billets lui permettrait de passer un peu plus de temps en sa compagnie, mais il savait que cela ne suffirait pas. Que, si jamais il se montrait un peu trop entreprenant, elle détalerait comme un lapin.

Bon sang ! Que lui arrivait-il ? Si c'était de sexe qu'il avait envie, pourquoi se donner autant de mal ? Il n'avait qu'à regagner son hôtel et répondre à l'un des innombrables messages laissés sur sa boîte vocale pour oublier le chaos qui régnait dans son esprit.

A sa manière…

Soudain, il repensa avec amertume à la nouvelle que lui avait annoncée Annika.

Son père était en train de mourir.

Ce qui signifiait qu'il ne pouvait plus être question pour Levander de partir, de tourner le dos à ceux qui, à en croire sa demi-sœur, lui avaient tout donné.

Encore cinq longues années de calvaire, voilà ce qu'ils exigeaient de lui.

Il avait serré les dents, mais elle n'en avait pas fini avec la sentence : une femme et un enfant avaient été ajoutés au châtiment.

Enfer et damnation ! Qu'ils aillent tous au diable !

Il leur avait rendu un service inestimable en sauvant la maison Kolovsky de la faillite. Comment pouvaient-ils avoir le culot de penser qu'il leur devait encore quelque chose ?

Après tout ce que ce salaud avait fait, ils osaient…

— Hé !

La douce voix de Millie l'arracha à ses sinistres pensées.

— Alors ? Avez-vous réussi à le convaincre ?

Son visage souriant, confiant lui redonna un peu de baume au cœur.

— Bien sûr, répondit-il d'un ton calme, même si sa colère était loin d'être retombée. Vous savez, je peux me montrer très persuasif quand il le faut…

Il vit les pupilles de la jeune femme s'agrandir un peu et sa gorge se serrer nerveusement. Et, brusquement, il fut saisi par l'envie irrépressible de plaquer son corps contre le mur, de presser ses lèvres contre les siennes, de caresser ses courbes voluptueuses, de respirer sa peau douce et parfumée, de la faire monter dans sa chambre et de lui faire l'amour…

Mais, étrangement, ce n'était pas tout.

Pour la première fois de sa vie, il voulait plus qu'une nuit d'amour passionné avec une femme.

Il voulait être avec elle.

2.

Jamais Millie n'aurait imaginé qu'une promenade en calèche puisse être aussi romantique. Mais, avec la légère brise nocturne qui soufflait sur son visage, le martèlement cadencé des sabots du cheval sur le pavé et la douce chaleur du corps de Levander à son côté, elle avait l'impression d'être au paradis.

Comme dans une partie de Monopoly, ils parcouraient les rues les plus connues de la ville, passant devant les monuments les plus remarquables. Tout en admirant le bâtiment ancien de la célèbre gare de Flinders Street, magnifiquement éclairé, Millie songea que ce premier rendez-vous galant avec Levander était tout simplement magique.

Car, à n'en pas douter, il s'agissait bien d'un rendez-vous galant. Sinon, pourquoi lui aurait-il lancé des regards aussi appuyés ? Pourquoi aurait-elle eu besoin de se faire violence pour détacher les yeux de son superbe visage ? Et pourquoi aurait-elle ressenti un tel mélange de fébrilité et d'intense plaisir ?

Bientôt, ils quittèrent l'animation de la rive sud et son casino tout illuminé pour rejoindre les théâtres et les palaces des quartiers chic du nord de la ville.

— C'est ici que j'habite, lui dit soudain Levander en se penchant vers elle.

Sa jupe avait remonté un peu, et elle tressaillit au contact de son pantalon sur sa cuisse nue. Malgré tout, elle se força à diriger son attention vers le bâtiment qu'il lui montrait.

— Mais c'est un hôtel ! Vous vivez vraiment là ?

— Dans une suite, au dernier étage. Qu'est-ce qui vous étonne autant ? demanda-t-il en tournant la tête vers elle.

A l'instant même où il plongea son regard dans le sien, Millie sentit son cœur s'emballer, certaine qu'il allait l'embrasser. Mais, brusquement, la calèche s'arrêta, les projetant en arrière dans leurs sièges et la ramenant sans ménagement à la réalité.

Alors qu'il descendait du véhicule, Levander lui adressa un petit sourire — un sourire qui signifiait qu'ils auraient bien le temps pour cela plus tard. Et, quand il lui prit la main pour l'aider à descendre à son tour, son étreinte confirma ce qu'ils savaient déjà tous les deux : ils n'allaient pas en rester là.

— Vous aimez danser ? demanda Levander.

— Non, reconnut-elle, la gorge nouée, tout en le suivant dans un petit escalier très raide qui menait à un minuscule club privé en sous-sol, presque invisible depuis la rue.

Très chic et enfumé, l'endroit semblait réunir les personnes les plus belles et les plus célèbres de Melbourne, comme si les pages people des magazines prenaient soudain vie sous les yeux de Millie, sans qu'elle parvienne toujours à mettre un nom sur ces visages familiers.

— Et vous ?

— Ça dépend avec qui, répondit-il en passant le bras autour de sa taille.

Tandis qu'ils fendaient ensemble la foule, Millie entendait à peine la musique tant les battements de son cœur étaient assourdissants.

Levander la conduisit dans une minuscule alcôve feutrée de velours pourpre, luxueuse, dont l'ambiance intime et voluptueuse lui faisait penser à une sorte de confessionnal érotique ; et ils s'assirent l'un en face de l'autre, à une table si étroite que leurs genoux se touchaient.

Sans même lui demander ce qu'elle désirait, il passa commande, et le serveur déposa bientôt devant elle un étrange cocktail rouge vif. Intriguée, elle porta aussitôt le breuvage à ses lèvres. Glacial et exquis, il lui brûlait délicieusement la gorge et l'estomac. Mais ce n'était rien en comparaison des sensations que Levander faisait naître chez elle.

— Détendez-vous, ordonna-t-il, comme s'il suffisait d'un peu de bonne volonté pour y parvenir.

Mais elle n'y arrivait pas.

Même dans ce club très sélect, fréquenté par les hommes et les femmes les plus séduisants de Melbourne, Levander était loin de passer inaperçu. Lorsqu'ils étaient entrés, elle avait senti une onde électrique parcourir la foule, et tous les regards s'étaient tournés vers lui. Elle s'était presque attendue à ce que des masques à oxygène tombent du plafond tant les femmes avaient paru avoir le souffle coupé.

Mais Millie, elle, n'intéressait personne. Après tout, elle n'était qu'une des nombreuses conquêtes de Levander. Dès demain, une autre prendrait sa place ; et, de toute évidence, chacune espérait être la prochaine sur la liste.

— Si j'ai bien compris, vous êtes venue ici pour le travail, pas pour des vacances…

— C'était l'idée, soupira Millie.

— Dans ce cas, pourquoi partir maintenant ?

— Je m'étais donné trois mois pour réussir. C'est Anton qui m'avait suggéré de faire le voyage jusqu'en Australie.

— Vous le connaissiez avant de venir ?

Millie hocha la tête.

— Je l'ai rencontré l'année dernière à Londres. A l'époque, je terminais ma licence et il avait été invité par mon université comme conférencier. J'ai eu la chance qu'il apprécie mon travail, et il m'a dit que si je décidais un jour de venir à Melbourne, il exposerait volontiers mes toiles. Donc, me voici en Australie — enfin, jusqu'à demain, du moins, car je ne peux vraiment pas me permettre de rester plus longtemps.

— Nous sommes déjà demain, observa Levander. Que va-t-il se passer à votre retour ? Si vous ne vendez pas, je veux dire… ?

— J'ai aussi suivi une formation d'enseignante, soupira-t-elle. Pour assurer mes arrières. Apparemment, j'ai été bien inspirée.

— Vous pourrez toujours peindre durant votre temps libre.

— Je le sais, soupira une nouvelle fois Millie. C'est juste que…

Elle hésita un instant, songeant qu'ils se connaissaient trop peu pour qu'elle lui confie ses états d'âme.

— Juste que quoi ? insista-t-il.

— Eh bien… ce tableau que vous avez vu dans la vitrine, il a mis des jours et des jours à germer dans mon esprit, et quand j'ai enfin été prête à transcrire ma vision sur la toile, je suis restée enfermée chez moi pendant plusieurs semaines. Je ne pense pas que j'aurais réussi à exécuter cette œuvre si j'avais dû affronter le monde réel. Quand je peins, je m'immerge complètement dans mon univers, et le reste n'existe plus. Je ne refais surface que pour manger et me doucher. D'ailleurs, à bien y réfléchir, la nutrition et l'hygiène ne font pas partie de mes priorités dans ces moments-là, ajouta-t-elle avec un petit rire embarrassé.

S'il fut choqué par cet aveu, Levander n'en laissa rien paraître. Au contraire, il se pencha plus encore vers elle, si près que son souffle lui caressa le visage et que leurs cuisses se touchèrent.

— Vous, on peut dire que vous savez vous y prendre pour séduire un homme !

Interloquée, Millie sursauta et ouvrit de grands yeux, se demandant si elle l'avait bien entendu. Devant son air amusé, elle rougit jusqu'aux oreilles.

— Vous venez souvent dans ce club ? demanda-t-elle, tentant désespérément de se ressaisir.

La chaleur dans le petit salon était devenue si étouffante qu'elle se demanda un instant si quelqu'un n'avait pas coupé la climatisation.

— De temps à autre, répondit-il, l'air parfaitement serein et détendu. Mais, à vrai dire, je n'adore pas cet endroit. Il est fréquenté par trop de personnes sans cervelle qui se croient très intéressantes.

— Ah…

Millie était envoûtée par chacune de ses paroles, captivée par le moindre tressaillement de son visage. Pendant qu'ils discutaient se déroulait un autre dialogue, celui-là parfaitement silencieux, et même si les mains de Levander étaient sagement posées sur la table, même s'il avait le regard plongé dans le sien, elle avait l'impression de sentir la caresse brûlante de ses yeux et de ses doigts sur son corps affamé.

D'un seul coup, une intense vague de chaleur parcourut ses veines et une onde de feu incendia son visage et son décolleté. Et tandis que sa poitrine se gonflait de désir, plus bas, au plus profond de son intimité, le plaisir montait en elle avec une telle force qu'elle n'osait même plus bouger.

Et, soudain, elle fut saisie par la certitude que si elle ne trouvait pas très vite un moyen de briser le charme, elle finirait pas se jeter sur lui et l'embrasser passionnément.

— Depuis combien de temps habitez-vous Melbourne ? demanda-t-elle d'une voix faible.

— Quelle importance ? rétorqua-t-il en continuant à la fixer avec intensité.

— Vous aimez votre travail ?

— C'est pour un entretien d'embauche ? ironisa-t-il en contemplant sa bouche d'un air gourmand, la déstabilisant plus encore.

Seigneur ! Pourquoi cet homme avait-il tant d'emprise sur elle ? D'un regard, il la rendait tremblante de désir, et il aurait suffi d'un signe de sa part pour qu'elle le suive où il le désirait.

Pourtant, elle s'était toujours montrée si méfiante avec les hommes, si prudente avec ses émotions !

Mais elle voulait qu'il l'emmène loin de ce bar.

Qu'il lui fasse l'amour.

Qu'il soit le premier.

— J'étais encore adolescent quand j'ai débarqué en Australie, dit soudain Levander, l'arrachant à ses rêveries érotiques.

Troublée, elle tenta de se rappeler où en était restée leur conversation.

— J'ai étudié la finance et le commerce. En plus de l'anglais, bien sûr.

— Vous ne parliez pas anglais quand vous êtes arrivé ici ?

— Pas un traître mot.

— Heureusement, vous aviez vos frères et sœurs avec qui communiquer.

— Mes *demi*-frères et sœurs, la corrigea Levander. Et eux ne connaissaient que deux ou trois mots de russe. Mais la langue était loin d'être la seule barrière entre nous.

— Comment ça ?

— Nous avons eu des enfances très différentes, se contenta-t-il de répondre, balayant sa question d'un revers de la main.

Mais Millie décida de ne pas en rester là.

— Votre mère vit encore en Russie ?

— Elle est morte, lâcha Levander d'un ton calme, le visage impassible, comme si l'information était si anodine qu'elle méritait à peine d'être mentionnée. Pour en revenir à ce que je vous disais, sitôt mes études terminées, je suis devenu directeur financier de la maison Kolovsky.

— Ce doit être une lourde responsabilité, observa-t-elle, admirative. Votre entreprise est très réputée.

— Nous avons effectivement des boutiques dans le monde entier. D'ailleurs, nous ne gardons celle de Melbourne que pour des raisons sentimentales : c'est ici que mon père s'est installé quand il a émigré de Russie. Mais nos magasins les plus importants se trouvent en Europe et aux Etats-Unis. Je voyage donc beaucoup, ce qui me convient parfaitement.

— Ça a l'air intéressant…

— Ça l'est parfois. Malheureusement, le milieu de la mode est rempli de gens superficiels et narcissiques, un peu comme ceux qui se trouvent ici. Dans ce club, tout le monde aimerait pouvoir se vanter d'être mon meilleur ami, mais, selon vous, serait-ce le cas si ma famille était moins connue ?

— Je ne sais pas…, répondit-elle d'un ton songeur.

Parce que même si la notoriété de Levander devait lui valoir d'être sollicité en permanence par une horde de parasites, bien avant que Millie ne connaisse son nom — en fait à la seconde même où elle avait posé les yeux sur lui —, elle avait été subjuguée. Alors pourquoi d'autres personnes n'auraient-elles pas pu éprouver la même chose ?

— Moi si, répliqua-t-il d'un ton ferme. A la minute même où j'ai posé le pied en Australie, je me suis retrouvé entouré d'un tas d'amis. Pourtant, personne ne s'intéressait à moi quand j'étais un enfant de la *detsky dom*.

— Detsky Dom…, répéta Millie en fronçant les sourcils. C'est la ville d'où vous venez ?

Alors qu'elle s'attendait à ce que Levander hoche la tête et poursuive son récit, elle vit son visage ombrageux s'éclairer d'un sourire moqueur.

— C'est ça, Millie… Suivez-moi, maintenant, lui ordonna-t-il en se levant et en lui tendant la main. Vous n'êtes pas à votre place ici. Allons dans un endroit où nous pourrons parler plus tranquillement.

Ce qui était plus facile à dire qu'à faire, car tandis qu'il la guidait à travers la foule compacte, lui faisant un rempart de son corps puissant, les gens l'interpellaient de toute part.

Mais Levander fit la sourde oreille, même quand une

ravissante brune au physique sud-américain l'apostropha tout en s'agrippant à la manche de sa veste.

— Levander, s'il te plaît ! s'exclama-t-elle avec des sanglots dans la voix.

Elle réussit à le rattraper juste au moment où ils sortaient du club.

— Tu ne peux pas partir comme ça…, gémit-elle. Nous avons fait l'amour hier soir ! Je t'en supplie, parle-moi…

Et, pendant que Levander lui demandait de bien vouloir l'excuser un instant et conduisait la jeune femme dans un coin de l'entrée, Millie sentit ses joues la brûler de honte. Non seulement elle avait failli succomber au charme d'un homme qui traitait les femmes comme des objets, mais, en plus de cela, elle restait sagement à l'attendre au lieu de prendre ses jambes à son cou.

C'était pourtant insupportable d'entendre sa conquête le supplier de lui accorder une autre chance et lui promettre de changer. Mais le pire était encore le ton de Levander —non pas froid et détaché, comme elle s'y était attendue, mais presque compatissant —, tandis qu'il lui expliquait pourquoi il n'avait pas répondu à ses appels et lui répétait ce qu'il lui avait déjà dit, à savoir qu'entre eux, tout était fini.

Soudain, la beauté brune posa ses yeux brillants de larmes sur Millie, comme si elle la remarquait pour la première fois. Millie ne parvint pas à entendre ce que la jeune femme disait à Levander mais, même pour un homme à la morale aussi élastique que lui, elle dut aller trop loin car il tourna brusquement les talons.

— Attends…, pleurnicha-t-elle. Nous devons parler.

— A quoi bon ? répliqua-t-il d'une voix rageuse, son accent russe plus marqué que jamais. De toute façon, tu es tellement ivre que, dans quelques heures, tu auras tout oublié de notre conversation !

— Je suis désolé que vous ayez dû assister à ça.

C'était la première fois que Levander s'adressait à elle depuis qu'il l'avait fait monter dans le taxi qui les avait conduits à la plage de Saint-Kilda, où ils se promenaient à présent au clair de lune, sur le rivage de sable.

— Peut-être que c'est mieux ainsi, répondit Millie d'un ton pincé.

Au moins le triste spectacle auquel elle venait d'assister avait-il eu le mérite de lui remettre les pieds sur terre.

— Nous ne sommes sortis que quelques semaines ensemble, mais ça ne se passait pas très bien...

— De toute évidence, cela ne se passait pas si mal que ça hier soir.

Il eut l'audace de rire. L'incroyable audace de *rire* !

— Arrêtez ! Votre comportement est inexcusable...

Mais, au bout de quelques secondes, sans en comprendre la raison, Millie sentit ses lèvres trembloter et elle ne put à son tour réprimer un petit rire.

— Millie, j'ai rarement des... problèmes dans ce domaine, mais Carla a menti en disant que nous avions fait l'amour hier soir.

— Je vous en prie, épargnez-moi les détails.

— Même si nous avons été physiquement très proches, nous n'avons pas couché ensemble la nuit dernière.

— S'il vous plaît, ça suffit ! s'exclama-t-elle en stoppant sa marche.

Elle ferma les paupières. Surtout, il ne fallait pas qu'elle se laisse envoûter par son regard... Bon sang ! Que faisait-elle sur cette plage à écouter l'homme le plus beau qu'elle ait jamais vu lui avouer sans détour qu'il n'avait aucun mal à séparer le sexe de l'amour ? Mais, d'un autre côté, qui était-elle pour le juger ? Tout à l'heure, dans le club, elle avait eu follement envie de lui. Et, assurément, l'amour n'avait rien à voir à l'affaire puisqu'elle le connaissait à peine...

Et pourtant...

Elle rouvrit les yeux. Il se tenait toujours devant elle, tout aussi divin, tout aussi troublant.

— Je suis désolé…

Ses lèvres étaient si proches que sa respiration se mêla à la sienne, et Millie se raidit, terrifiée de sentir le pouvoir qu'il avait sur elle.

Il reprit sa marche, redevenu un parfait gentleman, à la fois au soulagement et à un sentiment saugrenu de déception de la part de la jeune femme, mais elle ne réussit pas à se détendre pour autant. Assaillie par les doutes, elle se demanda si elle n'avait pas fait fausse route en pensant qu'il s'intéressait à elle. Après tout, peut-être n'avait-il d'autre intention que de lui faire découvrir Melbourne. A moins qu'il ne cache au contraire son jeu à la perfection et soit un maître absolu en matière de séduction…

Au moment où ils arrivèrent sur la jetée, Millie avait les nerfs à vif et, lorsque Levander la prit par le bras et l'obligea à se tourner vers lui, elle se mit à trembler de tout son corps, priant pour qu'il l'embrasse, les lèvres enflammées par le désir.

Mais, visiblement, il n'en avait pas fini de souffler le chaud et le froid car, au lieu de cela, il se remit en route et la conduisit dans un café ouvert toute la nuit.

C'était un choix vraiment étrange pour un rendez-vous galant. Situé dans le quartier chaud de Melbourne, l'endroit était mal famé, fréquenté par des prostituées qui faisaient une pause bien méritée entre deux clients et des gosses des rues qui devaient trouver là refuge pour la nuit. Pourtant, Levander y semblait aussi à l'aise que dans le club sélect où ils avaient bu un cocktail tout à l'heure. Pendant qu'il se rendait au comptoir pour passer commande, Millie promena un regard inquiet autour d'elle.

Pourquoi diable avait-il choisi de l'emmener dans un lieu aussi sordide ?

— Ils font un excellent café, dit-il soudain, comme en réponse à sa question, tout en déposant deux tasses fumantes et deux gros gâteaux sur la table. Je viens parfois ici quand je n'arrive pas à dormir.

Il sourit devant sa moue désapprobatrice.

— Pas pour les raisons que vous pensez, poursuivit-il. Cet endroit me rappelle mon enfance. Il y avait un café ouvert toute la nuit en face de…

Il hésita un instant.

— … en face de l'endroit où j'habitais. J'aime bien venir voir le soleil se lever sur la plage.

— Mais tout de même…

— Ce sont des personnes respectables, Millie. Elles ont un travail, comme vous et moi. Vous ne devriez pas être aussi prompte à les juger.

— Je n'ai rien dit, protesta-t-elle, avant d'être assaillie par un brusque sentiment de culpabilité en se rendant compte que Levander avait vu juste.

— Les gens qui viennent ici veulent qu'on leur fiche la paix, et ils respectent ma tranquillité aussi. C'est un très bon endroit pour réfléchir. Et puis, comme je vous l'ai déjà dit, leur café est excellent.

— Tout comme leurs pâtisseries, observa-t-elle en mordant avec délice dans son gâteau fourré de crème pâtissière, fermant les paupières pour mieux le savourer. Et alors, à quoi réfléchissez-vous assis dans ce café ?

— Ces temps-ci, surtout au travail.

— Parce que vous êtes très pris ?

— Non, parce que je songe à démissionner.

— Oh ! s'exclama-t-elle en ouvrant de grands yeux. Et qu'en pense votre famille ?

— Je ne leur ai pas encore dit.

Stupéfaite qu'il l'ait mise au courant de ses projets avant même d'en avoir informé ses proches, Millie laissa tomber par mégarde son gâteau sur la table.

Levander eut un petit sourire.

— Le moins qu'on puisse dire, c'est que je ne suis pas

encouragé à le faire, poursuivit-il. J'ai sauvé la maison Kolovsky de la faillite. Ils ne voudront jamais me laisser partir.

— Comment vous y êtes-vous pris ?

Pendant un temps qui lui parut infini, il garda le silence.

— Je vous le dirai une prochaine fois.

— Mais il n'y aura pas de prochaine fois, observa-t-elle, furieuse contre le destin qui lui jouait un si mauvais tour en mettant sur sa route un homme magnifique qu'elle ne reverrait jamais plus. Je repars en Angleterre dans quelques heures.

— Vous êtes certaine de ne pas vouloir rester ?

Si seulement elle le pouvait ! Plus l'heure tournait, et plus elle redoutait le moment fatidique où ils devraient se dire adieu. Mais elle n'avait pas le choix.

Comme pour lui donner un aperçu de ce qu'elle allait manquer, Levander se mit à jouer avec une mèche de ses cheveux. Et, même s'il ne touchait pas son visage, Millie sentit la chaleur de sa paume et elle mourut d'envie d'y blottir la joue.

— Tout le monde a des obligations, dit-elle dans un souffle, ressentant un désir si fort qu'elle crut un instant qu'elle allait défaillir. Même les gens comme moi.

— C'est dommage.

Elle s'humecta nerveusement les lèvres, et pendant que Levander la regardait, plissant les yeux comme lorsqu'il avait examiné ses peintures, Millie se demanda si elle avait ce qu'il fallait pour retenir son attention.

— Vous savez, poursuivit-il d'un ton songeur, l'industrie de la mode peut se montrer très cruelle. Aux yeux des gens qui évoluent dans ce milieu, vous ne seriez pas considérée comme belle…

Lui seul pouvait transformer une remarque aussi vexante en compliment, surtout maintenant qu'il lui caressait doucement la joue, puis descendait avec lenteur le long de son cou, s'attardant à l'endroit où son pouls battait follement.

— Votre visage, oui, mais pas votre corps…

La gorge de Millie se serra tandis que ses doigts glissaient sur son épaule. Et, quand il les laissa courir sur ses bras nus, elle frissonna de tout son corps.

— Vous êtes bien trop féminine.

— C'est une façon élégante de me dire que je suis grosse ? demanda-t-elle avec un petit rire nerveux. Je sais bien que je devrais aller plus souvent à la salle de gym. Je veux dire, après tout, j'ai payé mon inscription…

Oh, elle n'était pas grosse, ni même un peu enrobée, mais comparée aux mannequins qu'il côtoyait, peut-être était-elle…

Elle n'eut pas le temps de poursuivre sa réflexion, car, soudain, il tendit la main vers son chemisier et en défit le premier bouton, découvrant la naissance de ses seins. Stupéfaite, Millie jeta un coup d'œil affolé autour d'elle. Mais personne ne prêtait attention à eux. En revanche, elle sentait le regard brûlant de Levander sur sa peau nue.

Au lieu de le gifler et de s'enfuir en courant, comme elle l'aurait fait avec n'importe quel homme, elle le scruta, cherchant à lire ses pensées. Mais elle ne vit dans son regard qu'un intense désir et sut que la nuit n'allait pas s'arrêter là pour eux…

Des éclats de voix mirent brutalement fin à la sensualité de cet instant. Au comptoir, un jeune homme passablement éméché retournait ses poches de jean, essayant d'y trouver l'argent qu'il n'avait probablement jamais eu pour payer au patron le petit déjeuner qu'il venait de prendre — un petit déjeuner de 2 heures du matin. De toute évidence, ce genre d'incident était monnaie courante ici, et les clients du café semblaient indifférents à la scène.

— J… j'ai dû l'faire tomber, bafouillait le type.

— Hé ! l'apostropha Levander en se levant.

Millie retint sa respiration tandis qu'il se dirigeait vers le comptoir.

— J'ai trouvé ça dehors, sur le trottoir. Je crois que c'est à vous. Tiens, Jack ! dit-il en tendant au patron un billet qu'il venait de sortir de son propre portefeuille et qui couvrait bien plus que le coût d'un petit déjeuner.

— Je veux ma monnaie…, grommela le gars.

— Il vaut mieux que Jack garde le tout, répliqua Levander. Demain, vous aurez de nouveau faim. Et si vous perdez encore votre argent, vous n'aurez pas de quoi vous payer à manger.

Puis, sans un autre mot, il revint vers elle.

— Vraiment agréable comme café ! dit-elle d'un air sombre, regrettant aussitôt ses paroles quand elle vit l'expression de Levander.

— Parce que vous préférez les endroits chic ? Les hommes pontifiants ivres de whisky pur malt qui ont égaré leur carte de crédit, plutôt qu'un pauvre garçon qui a sans doute l'estomac vide depuis plusieurs jours ?

— Mais il aurait pu avoir un couteau. Il aurait pu vous…, dit-elle d'un ton exaspéré. De toute façon, que croyez-vous qu'il se passera quand il n'aura plus d'argent ? Vous ne serez pas toujours là pour lui venir en aide !

— Au moins, il aura mangé quelque temps à sa faim, répliqua-t-il en haussant les épaules.

Là-dessus, il se leva, l'entraîna dehors, puis héla un taxi et monta avec elle à l'intérieur, indiquant au chauffeur la destination à voix si basse qu'elle ne l'entendit pas. Et tandis que le véhicule filait dans la nuit, il regardait droit devant lui. Silencieux, distrait et tellement lointain…

Millie s'était attendue à ce que le taxi la dépose devant chez elle avant de poursuivre sa route. Aussi quand il s'arrêta devant le fabuleux palace qui servait de domicile à Levander et que celui-ci sortit du véhicule, puis lui tendit la main pour l'aider à en descendre à son tour, elle faillit pleurer de soulagement.

Il la conduisit vers l'entrée somptueuse de l'hôtel. Une fois que le portier leur eut ouvert, ils se retrouvèrent sous les lumières éblouissantes du hall. Même à cette heure avancée de la nuit, l'endroit fourmillait de monde, et Millie observa un instant un groupe de femmes qui venaient de descendre d'un taxi et dont les talons claquaient sur le sol dallé de marbre, et un pilote de ligne, très élégant dans son uniforme, qui partait pour l'aéroport — ce même aéroport d'où son avion décollerait dans quelques heures…

— Je suis désolé…, dit soudain Levander. Ce qui s'est passé tout à l'heure, c'est quelque chose dont j'ai l'habitude. Mais je comprends que ça vous ait perturbée. De toute évidence, j'ai eu une mauvaise idée de vous…

— Pas du tout, l'interrompit-elle. Et c'est moi qui vous dois des excuses. Ma réaction était exagérée.

— Je ne le crois pas. Parfois, j'oublie que tout le monde n'a pas…

Il hésita un instant, et Millie vit son regard se voiler.

— N'a pas quoi ? demanda-t-elle avec appréhension.

Il secoua la tête et eut un sourire forcé.

— Rien. Ça n'a pas d'importance.

Bien que persuadée du contraire, elle ne voulut pas le mettre mal à l'aise en insistant.

— Je n'arrive toujours pas à croire que vous habitez à l'hôtel.

— Ils ont quelques suites réservées aux résidents permanents.

— Mais votre famille vit à Melbourne…

Millie ne savait pas trop où elle voulait en venir. A plus de trente ans, il était peu probable que Levander ait envie de loger chez son père. Mais, par ailleurs, un hôtel — fût-il de ce standing — lui paraissait un lieu si froid, si impersonnel.

— Vous vous sentez chez vous ici ?

— Pardon ? demanda-t-il en fronçant les sourcils, comme s'il peinait à comprendre sa question.

— Vous vous sentez chez vous à l'hôtel ? répéta-t-elle plus distinctement, craignant d'avoir mal articulé.

— Bien sûr.

— Je veux dire…

Elle ne termina pas sa phrase, non seulement parce que Levander ne semblait toujours pas saisir le sens de sa question, mais aussi parce que toute la magie entre eux paraissait s'être évaporée. Du moins en ce qui le concernait. Son silence dans le taxi, les réponses laconiques à ses questions, tout cela menait Millie à une seule et même conclusion.

Il en avait assez d'elle.

— Je devrais y aller.

— Je le sais.

— J'ai… j'ai vraiment des choses à faire.

Elle bafouillait maintenant, comme si les mots ne voulaient plus sortir de sa gorge à présent que cette merveilleuse soirée touchait à son terme. Et, tandis qu'elle essayait de lui dire au revoir, Levander regardait ailleurs, l'air las et distrait.

Allait-il oser ?

Ce n'était pas le genre de questions qu'il avait l'habitude de se poser. Et ce n'était pas sa technique de séduction qui lui valait de tels doutes — Levander avait assez d'expérience avec les femmes pour savoir que Millie était prête.

Mais ce qui s'était passé dans le café l'avait profondément déstabilisé. La jeune femme avait agi sur lui comme une drogue, et il s'était laissé aller à parler de son travail, à partager avec elle ses pensées, ce qu'il n'avait encore jamais fait avec personne. Pour une fois, il avait eu envie de baisser sa garde, de lui confier ses problèmes et de rire avec elle, encore et encore.

S'il l'embrassait, il serait perdu.

— Je dois me rendre à l'aéroport dans…

Elle ne portait pas de montre, et tandis qu'elle se tordait le cou pour essayer de lire l'heure sur le cadran de la sienne, il se détendit un peu.

Bientôt, elle serait partie.

Durant quelques heures, il allait pouvoir la tenir dans ses bras et faire la seule chose pour laquelle il était encore plus doué que pour les affaires, rassuré de savoir qu'il n'y aurait pas de suite à leur histoire, aucune complication.

— … dans six heures.

Il était si grand que Millie dut pencher la tête en arrière pour le regarder dans les yeux. Mais son effort ne fut pas vain, car, soudain, il parut de nouveau s'intéresser à elle.

Et il était d'une beauté si prodigieuse qu'elle ne put se retenir de lui toucher la joue. Elle savait qu'il allait l'embrasser — sentait presque le goût de ses baisers sur ses lèvres. Et c'était tout ce qu'elle désirait. Pour être enfin délivrée du sortilège qu'il lui avait jeté et reprendre sa vie en main.

Seulement, personne ne l'avait jamais embrassée comme ça…

Sa bouche était incroyablement douce et, pour un homme aussi viril, il était d'une tendresse surprenante. Et tandis que ses lèvres caressaient les siennes, Millie avait l'impression d'être embrassée pour la première fois. Sa langue qui partait à la découverte de sa bouche, sa mâchoire rugueuse, l'odeur enivrante de son eau de toilette, son corps puissant contre le sien, tout cela ne lui laissait pas la moindre chance, et chaque fibre de son être était tendue vers cet instant divin.

— Six heures… Ça ne vaut plus le coup de dormir…, observa-t-il d'une voix rauque, en relevant un instant la tête.

Ce n'était pas une question. Il ne faisait que lui confirmer ce qu'elle savait déjà, que les précieuses heures qui la séparaient de son départ leur appartenaient à tous les deux.

Et, soudain, Millie eut l'impression que la boussole intérieure qui lui servait de guide était complètement déréglée, le nord devenant le sud.

Elle avait passé son séjour en Australie à travailler encore et encore, ne prenant même pas le temps de faire des rencontres ni d'explorer ce pays pourtant magnifique. Alors pourquoi ne pas s'accorder ce moment de plaisir ? S'abandonner rien qu'une fois dans les bras d'un homme qu'elle se rappellerait tout le reste de sa vie ?

Pendant que l'ascenseur montait puis redescendait parce qu'ils avaient raté leur étage, Levander ne cessa pas une seule seconde de l'embrasser. Des baisers avides, brûlants, aussi fabuleux qu'ils étaient indécents. A peine eut-il de nouveau appuyé sur le bouton du vingtième étage qu'il reposa les mains sur ses fesses et la pressa contre lui, tandis que sa langue continuait à faire des merveilles.

Il lui embrassa la bouche, les paupières, les oreilles, provoquant de violents frissons dans tout son corps. Et, quand il la plaqua contre le miroir froid de la cabine, le désir qu'elle luttait si fort pour contenir se déchaîna, et elle répondit sans retenue à ses baisers.

Mais quand elle entra dans la vaste suite de Levander, Millie, éblouie par la magnificence du décor, sentit sa nervosité la rattraper. Et tandis que ses talons s'enfonçaient dans la moquette épaisse, elle songea avec amertume qu'elle n'avait pas sa place dans ce cadre somptueux. Elle aurait dû être lavée, parfumée, apprêtée. Au lieu de cela, elle avait l'air d'une souillon.

Levander la serra dans ses bras, reprenant là où ils en étaient restés. Pourtant, au bout d'un moment, il parut se rendre compte de sa gêne.

— Je suis désolée…, gémit-elle, rouge de honte à l'idée de s'être mise dans une situation aussi ridicule et de savoir que, dans quelques secondes, elle allait devoir quitter l'hôtel comme une voleuse. Tout ça, ce n'est pas moi…

— Que veux-tu dire ?

— Je ne suis pas comme ça…, dit-elle en montrant la porte derrière laquelle se trouvait l'ascenseur. Ce n'était pas moi…

Certaine qu'il ne pouvait pas comprendre ce qu'elle

essayait de lui dire, elle se crispa quand il la prit de nouveau dans ses bras.

— Je le sais, murmura-t-il de sa voix grave et douce, pressant son corps tremblant contre le sien.

Aussitôt, Millie sentit sa tension se relâcher un peu, et elle blottit instinctivement son visage brûlant contre son torse puissant.

— Ce n'était pas toi, reprit-il en lui soulevant le menton et en la forçant à la regarder droit dans les yeux. Et ce n'était pas moi non plus. C'était nous deux, Millie.

Les yeux brillants de larmes, elle contempla son visage. Pour la première fois de la soirée, quelque chose avait un sens. Elle n'était pas la seule à avoir perdu le contrôle, à s'être laissé emporter par une passion presque sauvage, et Levander n'avait pas plus qu'elle réussi à éteindre l'incendie qu'ils avaient allumé.

Frissonnante, elle le regarda défaire de ses doigts experts les autres boutons de son chemisier, et elle eut soudain l'impression de redécouvrir son corps, comme si elle le voyait à travers les yeux de Levander et se sentait belle. Puis il lui retira doucement son chemisier et dégrafa son soutien-gorge. Quand il se mit à embrasser ses tétons durcis, le désir l'envahit tout entière.

Un désir si ardent que lorsqu'il fit glisser la fermeture Eclair de sa jupe et qu'elle n'eut plus rien d'autre sur elle que sa petite culotte et ses escarpins, son corps se transforma en brasier. S'agenouillant, il traça avec la langue une ligne enflammée le long de son ventre. Puis, lentement, il glissa un peu plus bas.

— Je devrais peut-être…

Elle avait passé toute la soirée à travailler et une partie de la nuit à déambuler dans les rues avec Levander. Elle avait sûrement besoin de prendre une douche.

— C'est *toi* que je veux goûter, dit-il en la fixant de son regard sombre et envoûtant, la comprenant à demi-mot. C'est ton odeur qui m'a rendu fou toute la soirée. Ne me l'enlève pas maintenant.

Il en parlait comme d'un cadeau, d'un précieux trésor. Après avoir écarté de ses doigts impatients la fine bande de tissu entre ses jambes, il fit glisser sa petite culotte sur ses fesses, puis ses cuisses. Et, quand il enfouit le visage dans sa toison humide, elle poussa des gémissements de plaisir et s'abandonna complètement. Sa langue titilla le cœur de son intimité, et elle s'agrippa à ses cheveux, son corps le suppliant dans le même temps de poursuivre et d'arrêter cette exquise torture.

Levander était aussi perdu qu'elle — elle le sentait à son souffle chaud, à ses râles de plaisir et à ses doigts qui s'enfonçaient dans la chair tendre de ses fesses. Et, soudain, elle fut saisie par l'impérieuse nécessité de le voir nu lui aussi.

Comme s'il avait lu dans ses pensées, il se releva et déboutonna sa chemise. Et, alors qu'elle se débattait avec la ceinture de son pantalon, Millie cessa de respirer en voyant son corps superbe, bronzé et presque nu.

Pendant une fraction de seconde, elle se demanda si elle ne devrait pas lui dire la vérité — qu'elle n'avait connu aucun autre homme, que c'était sa toute première fois. Mais elle craignait trop que la nuit s'achève là pour elle. Alors, au lieu de cela, elle contempla son membre durci par le désir et lui dit une autre vérité :

— Il est magnifique…

— Prends-le, alors.

Elle le fit, hésitante et maladroite — affreusement maladroite. Mais grisée de le sentir à la fois si dur et soyeux, elle s'enhardit peu à peu. S'agenouillant, elle implora bientôt du regard Levander de la laisser y goûter.

— Doucement…, dit-il d'une voix rauque, tandis qu'elle le prenait dans sa bouche.

Il était divin.

Affamée, elle l'engloutit — elle avait tant, *tant* de plaisir à lui donner. Les doigts de Levander se crispèrent dans sa chevelure, et tandis qu'elle le léchait tendrement, puis plus audacieusement, elle sentit son excitation grandir.

— *Octahobka*, gémit-il. Arrête…

Il l'obligea à se relever. Les jambes chancelantes, Millie se laissa tomber avec lui sur le vaste lit, et il la serra tout contre lui, si près qu'elle pouvait à peine respirer. Puis il lui écarta les cuisses, la respiration haletante. Ivre de désir, elle le guida vers le cœur de sa féminité.

Tout en l'embrassant à pleine bouche, il s'enfonça en elle, et Millie éprouva une sensation merveilleuse à le sentir à l'intérieur d'elle. Puis il se mit à bouger doucement, chaque mouvement l'entraînant plus haut vers les sommets du plaisir. Sous ses assauts voluptueux, elle sentit tout son corps se contracter et planta les ongles dans ses fesses, cambrant les reins contre lui. Et, tandis qu'il la remplissait un peu plus encore, elle éprouva une jouissance si intense que des larmes jaillirent de ses yeux.

— Je ne peux pas, sanglota-t-elle, à bout de forces. Levander, je ne peux p…

Mais elle se rendit compte qu'en fait, elle pouvait.

— Millie.

Il se déchaîna en elle, la transportant dans un autre monde. Et, même si elle n'avait encore jamais fait l'amour avec un homme, elle savait qu'un tel bonheur ne se rencontrait qu'une seule fois dans la vie. Et que ce moment lui manquerait tout le reste de son existence.

Plus tard, quand épuisée, comblée, elle se fut endormie à côté de lui, Levander, au lieu de se détendre, de profiter du temps qu'il lui restait à passer avec elle, luttait en pensée contre l'inéluctable.

Maintenant qu'il avait goûté à elle, il en voulait plus.

Pas seulement son corps, mais aussi son âme. Il voulait

que ses yeux bleus s'ouvrent sur lui — voulait entendre sa voix aussi — et prolonger l'intimité qu'ils avaient partagée ce soir…

Et c'était ce qui le terrifiait.

3.

— Rien ne t'oblige à partir.

En entendant la voix de Levander à son réveil, Millie eut l'impression que son cœur cessait de battre. Seigneur ! Combien de temps avait-elle dormi ! Prise de panique, elle se dressa d'un bond sur le lit, s'efforçant de remettre de l'ordre dans son esprit confus.

— Détends-toi, il est à peine 8 heures, dit-il en l'obligeant doucement à se rallonger.

Elle laissa échapper une exclamation stupéfaite.

— Me détendre ? Mais je dois être à l'aéroport dans moins de deux heures pour l'enregistrement des bagages !

— Tu peux encore changer d'avis.

Appuyé sur un coude, il était penché au-dessus d'elle, lui caressant la cuisse de sa main libre. Et, pour la deuxième fois en moins d'une minute, Millie sentit son cœur s'arrêter.

Tandis qu'elle l'observait à la dérobée, captivée par sa beauté nue et sauvage et son visage mal rasé, si pâle à la lumière du matin, toutes les promesses de bonheur qu'elle n'avait osé entrevoir lui explosèrent brutalement en plein visage.

La nuit qu'ils avaient passée ensemble resterait à tout jamais gravée dans sa mémoire comme la plus fascinante, la plus romantique et la plus sensuelle de sa vie. Mais quelle que soit la bonne étoile qui avait permis à leurs chemins de se croiser, la magie ne pourrait pas durer éternellement. Ils étaient trop éloignés l'un de l'autre, et pas seulement parce qu'ils vivaient sur deux continents différents.

— Non, Levander…

Il la scruta, plissant les yeux.

— Si c'est ton visa qui te pose un problème, je peux passer un coup de fil à mon avocat pour qu'il arrange les choses. Et je te rachèterai un billet d'avion si la compagnie refuse de t'échanger le tien.

Sa réponse ne fit que renforcer les résolutions de Millie. Elle avait économisé pendant des mois pour s'offrir ce voyage. Mais un homme comme Levander n'accordait pas plus d'importance à un vol international qu'à un simple trajet en bus.

— Ma famille m'attend.

Il couvrit sa cuisse de caresses légères, la déstabilisant plus encore.

— Dis-leur que tu as eu un contretemps, murmura-t-il en effleurant des lèvres son sein gauche. Ce ne sera même pas un mensonge… Tu sais bien qu'il est trop tôt pour que ça se termine entre nous.

Prenant son téton dans la bouche, Levander se mit à le sucer lentement, très lentement, lui faisant perdre pied avec la réalité. Et, s'il la touchait ne serait-ce qu'une seconde de plus, Millie savait qu'elle serait perdue.

— Non. Je dois y aller…, répliqua-t-elle d'un ton plus brusque qu'elle l'aurait voulu, tout en s'extirpant du lit douillet.

Pendant qu'il se levait à son tour et enfilait une robe de chambre, Millie scruta son visage pour fouiller ses pensées. Mais elle eut l'impression qu'un mur invisible les séparait, comme si ce qu'ils avaient partagé la nuit dernière n'avait jamais existé.

Elle ne pouvait le blâmer pour ce qu'il devait penser d'elle —qu'elle avait l'habitude des aventures d'un soir. Car lui, de toute évidence, n'était pas l'homme d'une seule femme, songea-t-elle en se rappelant les pleurs de la belle brune du club.

Se raccrochant de toutes ses forces à cette pensée, Millie prit une profonde inspiration, attrapa ses vêtements et se dirigea d'un pas rapide vers la salle de bains, saisie par le besoin impérieux de mettre de la distance entre elle et lui. Une fois la porte refermée, elle s'assit, tremblante, sur le rebord de la vaste baignoire, tentant de se persuader que les choses devaient se passer ainsi.

Pendant un moment, elle avait failli céder à la tentation et prolonger le rêve quelques jours encore, et il lui avait fallu tout son courage pour résister aux caresses de Levander. Mais la seule pensée d'appeler ses parents — ses parents qui étaient si excités par son retour qu'ils avaient prévu une petite fête en son honneur — et de leur dire…

De leur dire quoi, d'ailleurs ?

Ouvrant le robinet, elle monta dans la baignoire et ferma les yeux, tandis que le grondement de l'eau chaude la ramenait à la réalité. Qu'elle avait rencontré la veille au soir un type richissime qui lui avait demandé de différer son départ et avait même proposé de lui acheter un autre billet d'avion ? Qu'elle n'avait rien trouvé de mieux à faire que de coucher avec lui et que, le matin venu, elle avait décidé de leur faire faux bond pour se laisser le temps de le connaître un peu mieux ?

D'un seul coup, tout se figea autour d'elle, et Millie ne fut plus sûre de savoir si le bruit qui l'assourdissait était le rugissement de l'eau ou le sang qui battait furieusement à ses tempes, alors qu'une terrible vérité la frappait de plein fouet.

Oh, mon Dieu !

Levander était si mystérieux, si envoûtant, si magnétique qu'elle n'avait même pas pensé à lui demander d'utiliser un préservatif.

Elle poussa un gémissement horrifié. Seigneur ! Comment

avait-elle pu se montrer aussi naïve ? Aussi inconsciente et stupide ?

Tout en continuant à s'agonir d'injures, elle s'habilla à toute vitesse et sortit de la salle de bains.

— Tu veux un petit déjeuner ? demanda Levander d'une voix qui sonnait terriblement faux.

— Je dois vraiment y aller, répondit Millie avec un sourire forcé, qui s'évanouit dès qu'elle vit qu'il n'y répondait pas. En tout cas, c'était gentil de ta part de proposer de m'acheter un autre bill…

— De toute façon, c'est mieux comme ça, l'interrompit-il d'un ton abrupt. J'ai un agenda surchargé et j'aurais eu peu de temps à te consacrer. Je vais m'assurer qu'un chauffeur est disponible pour te conduire à ton hôtel. Il t'attendra le temps que tu te prépares et te conduira ensuite à l'aéroport.

Millie se sentit plus mal à l'aise encore, comme s'il cherchait à la rétribuer pour le temps passé avec elle.

— Je préférerais prendre un taxi, répondit-elle, les yeux brillants de larmes.

— Comme tu veux.

Elle aurait aimé faire meilleure figure en cet instant où se refermait le chapitre le plus incroyable de sa vie, mais elle en était incapable. Incapable de faire comme si la nuit dernière n'avait pas eu d'importance, tout autant que de lui dire combien ce moment avait compté pour elle.

Malgré tout, bravant sa timidité, elle fit une tentative aussi courageuse que ridicule.

— Tu pourrais m'appeler… Je peux te donner mon numéro de téléphone si tu veux…

— Ce ne sera pas nécessaire.

Millie eut l'impression de recevoir un coup de poignard en plein cœur. Luttant de toutes ses forces pour ne pas pleurer, pour conserver un semblant de dignité, elle se dirigea vers la porte sans se retourner. Mais, au moment où elle en franchissait le seuil, elle ne put s'empêcher de marquer un temps d'arrêt en entendant Levander prononcer de sa belle voix grave le plus étrange des adieux :

— Tu sais où me trouver si tu décides de venir me chercher.

De retour à son hôtel, Millie se prépara en un temps record et, une fois sa note payée, elle prit son deuxième taxi de la matinée, regardant le vague à l'âme les rues qu'elle avait arpentées la veille, presque nostalgique d'une ville qu'elle avait pourtant à peine eu le temps de découvrir. Alors que le véhicule passait devant la galerie d'art, elle ne put s'empêcher de demander au chauffeur de s'arrêter un instant.

S'approchant de la vitrine, elle vit un petit rond rouge collé sur le cadre de son tableau. Stupéfaite, elle se précipita à l'intérieur et salua un Anton ravi.

— Tu viens de faire ta première vente, ma chérie ! s'exclama-t-il avec enthousiasme.

— Levander ?

C'était le seul nom qui était venu à l'esprit de Millie, l'unique personne à occuper ses pensées.

— J'aurais bien aimé ! répondit-il en riant. Mais c'était une femme, plutôt du genre collet monté. Tu l'as ratée de peu : l'encre sur son chèque a tout juste fini de sécher. Que dirais-tu de différer ton départ, Millie ? La chance semble enfin te sourire...

A présent, elle avait une très bonne excuse pour appeler sa famille — une raison tout à fait valable de prolonger son séjour. Mais elle voulait rentrer chez elle, retrouver sa mère — et aussi, se rendit-elle compte, honteuse, consulter un médecin.

Et puis, si Levander avait refusé son numéro de téléphone, c'était bien parce qu'il se moquait de la connaître mieux. Tout ce qu'il désirait, c'était s'amuser quelques jours encore avec son nouveau jouet. Et elle n'avait pas du tout envie de ce genre de relation.

— J'ai vraiment besoin de rentrer chez moi.

— Quel dommage, dit Anton avec un sourire. Tu devrais être en train de siroter du champagne avec Levander au lieu de quitter le pays. Au fait, ma belle, comment as-tu fait pour lui mettre le grappin dessus ? La plupart des femmes tueraient pour un rendez-vous galant avec lui.

— Est-ce qu'il en fréquente beaucoup… ? demanda-t-elle, déglutissant péniblement. Je veux dire, je sais que ce n'est pas un saint, mais…

— C'est le moins qu'on puisse dire, pouffa Anton. C'est un véritable don Juan ! Tout le monde ici se rappelle ce qui est arrivé il y a quelques années à cette pauvre actrice américaine avec laquelle il sortait. Pendant qu'elle faisait en direct la promotion d'un film à la télévision, elle a éclaté en sanglots parce que Levander Kolovsky venait de rompre avec elle. Depuis, il est devenu le chouchou des médias. Son tableau de chasse est impressionnant. Finalement, il vaut peut-être mieux que tu t'éloignes de lui, ma chérie. Tôt ou tard, il aurait mis la pagaille dans ta jolie petite tête.

C'était déjà chose faite.

Tandis qu'elle remontait dans le taxi, Millie tenta de comprendre comment tant de choses avaient pu changer en aussi peu de temps. Vendre ses peintures avait été jusqu'alors son seul objectif, et elle avait tout mis en œuvre pour y parvenir. Mais c'était loin de lui paraître aussi important maintenant. Elle se sentait différente, comme si les quelques heures passées entre les bras de Levander l'avaient transformée à tout jamais.

— Pourriez-vous passer par Collins Street ?

Le chauffeur se contenta de hocher la tête.

Alors qu'ils approchaient du palace où logeait Levander, Millie lui demanda de ralentir. Après avoir promené le regard sur le hall de l'hôtel, elle tendit le cou en direction des fenêtres du dernier étage. Même si les vitres opaques ne permettaient pas de voir quoi que ce soit à l'intérieur et si elle ne se rappelait pas l'endroit exact où se trouvait la suite, elle aurait mis sa main à couper qu'il la regardait.

La regardait partir, et peut-être même, songea-t-elle, la gorge nouée, attendait de voir si elle décidait de faire demi-tour.

4.

— Comment as-tu pu laisser une chose pareille se produire, Levander ?

Crachant son venin, sa belle-mère entra comme une furie dans son bureau, un journal à la main.

— Après tout ce que ton père a fait pour toi…, ajouta-t-elle en jetant brutalement le quotidien devant lui. Comment as-tu pu nous faire l'affront de le déshonorer alors qu'il est à l'article de la mort ?

Il était 7 heures, le moment de la journée que Levander préférait d'ordinaire. Il était toujours le premier arrivé au bureau — souvent aussi le dernier à partir —, et le calme qui régnait à cette heure matinale lui permettait de se concentrer sur son travail sans crainte d'être interrompu.

L'arrivée inopinée de Nina, outrageusement fardée malgré le drame censé se jouer, le mit donc de très mauvaise humeur. Cela faisait maintenant quatre mois que sa belle-mère lui répétait sans cesse que son père était à l'article de la mort. Mais, pour un moribond, Ivan Kolovsky se portait remarquablement bien. Si bien, en fait, que Levander ne prit même pas la peine de jeter un coup d'œil à l'article dans lequel sa belle-mère plantait rageusement son index à l'ongle soigneusement manucuré. Il n'avait aucune envie de lire les derniers potins sur ses prétendus exploits amoureux. Pas la moindre envie d'être dérangé, c'était aussi simple que ça.

— Sors d'ici, Nina, lui ordonna-t-il d'une voix posée.

Et si tu veux me voir, prends rendez-vous auprès de ma secrétaire.

Son attitude ne fit que la rendre plus furieuse.

— Ça ne peut pas attendre ! cria-t-elle à tue-tête. Il en va de la santé de ton père et de la réputation de notre famille. Comment as-tu osé lui faire ça ? Le choc risque de lui être fatal.

Réputation.

C'était le mot que Levander détestait le plus au monde — un mot que sa famille n'avait cessé d'employer depuis le jour où il avait foulé pour la première fois le sol australien.

« Les Kolovsky ont une réputation à tenir. »

« Ça ne doit pas sortir d'ici, Levander. »

« Plus tard, tu remercieras ton père pour tout ce qu'il a fait pour toi. »

Jamais de la vie.

Ivan Kolovsky ne lui inspirait rien d'autre que du dégoût.

— Annika t'a supplié d'épouser une gentille fille et de lui faire un enfant. Nous voulions que ton père puisse partir en paix, rassuré pour l'avenir de son entreprise et de notre famille. Mais, au lieu de cela, tu nous as couverts de honte en engrossant la première *cyka* venue !

— Tu me crois vraiment assez bête pour ça ? répliqua-t-il d'un ton sarcastique. Tu te figures que j'ignore que ma fortune pourrait donner envie à quantité de femmes de me piéger ? Oublie donc ces inepties…

Il s'empara du journal, prêt à le jeter à la poubelle et à demander une nouvelle fois à Nina de partir sur-le-champ. Mais, soudain, sa voix faiblit. Elle était là, sous ses yeux, avec ce même regard ensorcelant. Et, brutalement, Levander se rappela que, pour la première fois de sa vie, il avait oublié d'être prudent.

Parce que, cette nuit-là, il avait pensé avec son cœur, pas avec sa tête.

— Alors, tu la connais, pas vrai ? demanda Nina en allumant une cigarette et en attendant sa réaction, le visage aussi dur que la pierre derrière son maquillage. Tu connais cette sale petite intrigante, cette ignoble putain…

— Assez ! rugit Levander.

Tandis qu'il parcourait l'article, il sentit son estomac se nouer. Non seulement Millie était enceinte, mais elle avait choisi de le lui cacher. Et pire encore, lut-il, pris soudain d'une violente nausée, elle avait envisagé d'avorter.

— Elle ne ferait pas une chose pareille.

La Millie qu'il avait rencontrée — sa Millie — n'était pas comme ça.

— Elle ne raconterait pas ce genre d'horreurs…

Tel un homme en train de se noyer se débattant pour trouver une prise à laquelle se raccrocher, Levander tourna la tête vers Nina, cherchant du regard un peu de réconfort auprès de la personne pourtant la moins à même de pouvoir lui en donner.

— Elle ne ferait jamais ça…

— Redescends sur terre. Parce qu'elle, en tout cas, a la tête sur les épaules.

— Que veux-tu dire ?

— D'après l'article, son avion va atterrir à Melbourne dans moins de deux heures ! s'exclama-t-elle d'une voix stridente, qui lui mit les nerfs à vif. Elle a vraiment pensé à tout : maintenant qu'elle est à la une de tous les journaux, plus moyen d'acheter son silence !

— Millie n'est pas comme ça.

— Tu m'en diras tant ! Parce que tu la connais bien, peut-être ? Raconte-moi comment tu as rencontré cette vertueuse demoiselle, Levander.

— Ça ne te regarde pas.

— Ça regarde tout le monde maintenant, s'écria-t-elle. Lis la suite, Levander ! Apparemment, vous avez fait connaissance dans le restaurant où tu dînais en compagnie de ta sœur. Elle y travaillait comme serveuse. Etant donné que tu ne daignes presque jamais voir ta famille, il n'est pas bien difficile de deviner quand ça s'est passé.

— Où veux-tu en venir ?

— Avez-vous parlé en russe ou en anglais ?

— Comment ? demanda-t-il en fronçant les sourcils.

— Tu m'as très bien entendue ! Avez-vous parlé en russe ou en anglais ?

— En anglais. Annika n'est pas très à l'aise avec le russe…

— Espèce d'idiot ! s'exclama Nina d'un ton méprisant. Ta petite pute de serveuse a dû vous entendre. Elle a compris que tu avais besoin de réconfort, peut-être même que tu cherchais une épouse.

— Je n'avais pas besoin de réconfort. Et, si elle nous avait écoutés, elle m'aurait entendu dire à Annika que je n'avais aucune intention de me marier.

— Ton père est en train de mourir, Levander. Même un ingrat comme toi a dû éprouver quelque chose en apprenant la nouvelle. Cette *cyka* l'aura senti… Elle a saisi sa chance.

— Ça ne s'est pas passé comme ça, riposta-t-il furieux.

Mais Nina refusait de se taire.

— Dis-moi que tu as pris tes précautions cette nuit-là, et j'appelle tout de suite Katina pour lui demander de publier un démenti dans le journal de demain.

— Ne t'occupe pas de ça, répliqua Levander en serrant les dents.

— Tu as pris tes précautions, oui ou non ?

Comme il ne répondait rien, Nina recommença à cracher son venin.

— Triple crétin… !

Levander ferma les yeux et concentra ses pensées sur Millie, indifférent au flot d'injures qui s'échappait de la bouche de Nina.

Elle était enceinte.

Etrangement, il n'était pas si surpris que ça. Parce que ce qu'il avait vécu avec elle était trop merveilleux pour prendre fin. Chaque matin à son réveil, ses premières pensées étaient pour Millie, et lorsque son image commençait à se dissiper dans son esprit, il s'y accrochait comme à un rêve, cherchant à comprendre ce qui s'était passé cette nuit-là, certain que leur histoire ne pouvait pas s'arrêter là.

— Où diable se trouve Katina ? s'exclama Nina en soulevant le combiné du téléphone fixe posé sur son bureau.

— Quoi ! Tu lui as dit de venir ? s'exclama Levander en lui attrapant le poignet. Avant même de me consulter ?

— Quel est le problème ? demanda Nina en le regardant d'un air dédaigneux. C'est son travail de gérer les relations avec la presse. Nous l'avons engagée pour ça.

— Vous l'avez engagée, pas moi.

S'emparant de sa mallette, Levander se dirigea à grandes enjambées vers la porte.

— Vas-y, pars ! Romps tes engagements ! Tourne le dos à ta famille au moment où elle a le plus besoin de toi ! Tu oublies juste que, toi aussi, tu as besoin de nous…

— Besoin de vous ? répondit Levander avec un rire amer, sans même prendre la peine de se retourner. La seule raison pour laquelle j'ai accepté de devenir directeur financier de la maison Kolovsky, c'était pour vous éviter la faillite. Parce que — malheureusement pour moi — vous êtes ma seule famille.

— Tu as vraiment envie d'un procès ?

— Traînez-moi en justice si ça vous chante, riposta-t-il d'un ton aigre. Vous croyez me faire peur ?

Il en avait fini.

En avait fini avec eux. Tout ce qu'il voulait maintenant, c'était rejoindre Millie et tirer cette histoire au clair.

— Qu'est-ce qui te fait croire que nous allons te traîner en justice ? C'est cette petite *cyka* qui va s'en charger !

« Ne t'arrête pas de marcher, s'intima-t-il, ne l'écoute pas. »

— Ce sera le tribunal de grande instance, Levander…

Il ne ralentit qu'une fraction de seconde, mais ce fut suffisant pour que Nina s'engouffre dans la brèche.

— Nous serons tous là, assis dans la salle, à regarder des inconnus fouiller dans notre vie et déballer nos histoires de famille. Ivan Kolovsky est à l'article de la mort, et son propre fils…

Levander courait une heure chaque matin, parcourant les rues de Melbourne jusqu'à épuisement mais transpirant à peine. Pourtant, en cet instant, une sueur glaciale lui coulait le long de l'échine.

Il sentit son cœur lutter pour se préparer à une crise imminente, sa respiration devenir de plus en plus haletante et la tête lui tourner. Et tandis que le sang battait furieusement à ses tempes, empêchant les paroles haineuses de Nina d'arriver jusqu'à ses oreilles, son esprit réclamait à cor et à cri la vérité.

— Et ensuite…

La voix de Nina lui paraissait lointaine, mais ses mots étaient trempés dans l'acide.

— Quand tout aura été dit, qu'elle aura réussi à détruire notre famille, notre entreprise, et sera revenue, triomphante, en Angleterre, alors Levander, tu devras la payer.

— Je n'ai pas besoin que Katina se mêle de ça…, articula-t-il péniblement.

— Tu risques de changer d'avis.

— Si j'ai besoin d'elle, je le lui ferai savoir.

Il se remettait peu à peu du choc, mais tout lui semblait différent à présent — tout était différent. Qu'il le veuille ou non, il était coincé ici. Le visage bouffi et maquillé à la truelle de Nina le dégoûtait tant qu'il dut lutter pour se retenir de la gifler. Mais il ne voulait pas faire d'elle une martyre, même pour une seule seconde.

Retrouvant sa voix, il dit d'un ton plus ferme :

— Je vais régler ça.

— Fais-le vite, Levander..., lui ordonna sa belle-mère d'un ton menaçant. Et, quand tu verras cette *cyka*, dis-lui bien que si elle s'en prend à notre famille, ma vengeance sera terrible !

— Levander...

Pâle et affolée, Annika venait de faire irruption dans son bureau. Quand elle comprit qu'il était au courant de la nouvelle, elle le dévisagea avec de grands yeux inquiets.

— J'ai entendu l'information à la radio. Il faut faire quelque chose ; le téléphone n'arrête pas de sonner, la presse devient hystérique... Son avion va bientôt atterrir...

— Levander ! rugit Nina en le voyant partir. Nous devons nous mettre d'accord sur ce que nous allons faire...

Après avoir fait demi-tour, il se planta face à elle, le visage presque collé au sien.

— Que ce soit bien clair, dit-il en fixant d'un regard noir la femme qu'il détestait le plus au monde. Je reste parce que je n'ai pas le choix. Mais tu es la dernière personne dont je veux recevoir les conseils, la dernière personne à pouvoir me dire comment élever mon enfant...

— Levander, arrête ! sanglota Annika. Tu sais à quel point nous sommes désolés pour ce que tu as vécu autrefois, mais tu dois tourner la page. On ne peut plus revenir en arrière.

— Ecoute ta sœur, Levander. Nous regrettons tous ce qui t'est arrivé...

Mais, ce matin, il n'avait pas la patience d'en supporter davantage. Sa belle-mère avait ouvert la boîte de Pandore, et la colère qu'il avait accumulée des années durant menaçait de se déchaîner. Il ne voulait pas entendre une fois encore les mensonges de Nina. Ces mensonges qu'elle répétait si souvent que, parfois, il se disait qu'elle avait dû finir par y croire.

— Tu sais, ton père est très inquiet pour toi...

— Ne me prends pas pour un idiot, Nina, souffla-t-il d'un ton menaçant. *Min znatts*, je connais la vérité.

Il vit les traits de sa belle-mère se décomposer. Pour la première fois de son existence, il osait lui dire la seule chose qu'elle devait croire qu'il ignorait. Enfin ! Et, juste au cas où il subsisterait quelques doutes dans l'esprit de Nina, il décida d'enfoncer encore un peu le clou.

— Je n'ai rien oublié, lui dit-il en russe.

— Pourquoi parles-tu en russe ? demanda Annika d'une voix inquiète.

— Demande plutôt à ta mère, répondit-il sans quitter Nina des yeux, la défiant du regard.

L'expression d'horreur absolue sur le visage de sa belle-mère procura à Levander une joie sadique.

— Si jamais je t'entends prononcer un seul mot déplacé sur la mère de mon enfant, je ne réponds pas de mes actes, Nina. Pendant que j'y pense, j'ai fait une petite erreur tout à l'heure, ajouta-t-il d'une voix remplie de haine. C'est mon père qui est la dernière personne à pouvoir me donner des conseils. Toi, tu viens en avant-dernière position.

5.

Vendre des tableaux, songea Millie en repliant la tablette devant elle et en redressant son siège, tandis que l'équipage se préparait à la descente sur Melbourne, c'était un peu comme avoir la varicelle — sans les horribles démangeaisons cependant. Un point rouge était apparu, bientôt suivi de deux autres, puis d'autres encore. Après un encart dans le journal local, elle avait eu droit à sa première interview pour un quotidien national et à quelques émissions à la radio. Et, même si elle n'en était encore qu'aux prémices, elle avait remis sans regret à plus tard l'idée de devenir enseignante.

A présent, elle était de retour en Australie avec de nouvelles toiles, prête à faire son apparition à l'une des soirées huppées d'Anton « à la rencontre d'un artiste ». Une raison plutôt mince pour traverser la moitié de la planète, mais la motivation s'était révélée suffisante pour que, rassemblant tout son courage, Millie décide de faire la chose qu'elle repoussait depuis des mois.

Le dire à Levander.

Depuis qu'elle avait quitté Melbourne, pas une minute ne s'était écoulée sans qu'elle pense à lui. De jour comme de nuit, il occupait en permanence son esprit. Plus d'une fois, elle avait été tentée de l'appeler ou de lui écrire pour l'informer de la nouvelle — mais comment s'y prendre ?

Dieu qu'elle détestait les atterrissages… Les lumières qui faiblissaient dans la cabine, les oreilles qui se bouchaient à cause du changement de pression, et nulle part où aller, à part à l'intérieur d'elle-même…

Elle avait tapé « Levander Kolovsky » sur internet.

Le jour de son retour, avant même d'avoir consulté ses mails et ouvert son courrier, elle s'était précipitée sur son ordinateur et avait entré son nom, l'estomac noué, attendant elle ne savait trop quoi.

La tête lui avait tourné en voyant son nom apparaître des milliers de fois. De manière presque masochiste, elle s'était forcée à lire chaque page : des interviews d'hommes d'affaires, quelques déclarations à des revues économiques. Mais, pour l'essentiel, les informations provenaient de ses anciennes petites amies. Et le plus dur à supporter pour Millie étaient que toutes gardaient un excellent souvenir de Levander, leur seul grief étant qu'il ait mis fin à leur relation.

Comment lui annoncer la nouvelle ?

C'était bientôt l'hiver en Australie et le ciel était couvert de nuages bas et gris. Tandis que l'avion les traversait, Millie se demanda pour la énième fois comment allait réagir Levander en apprenant qu'elle était à Melbourne.

Peut-être devrait-elle l'appeler dans sa suite et lui demander de la rejoindre au bar de l'hôtel… Mais ne serait-ce pas mieux de lui écrire la lettre qu'elle avait en tête depuis des mois, afin de lui laisser le temps de digérer la nouvelle avant de débarquer à son hôtel ?

Au cours des semaines et des mois passés, elle n'avait cessé de tourner et de retourner le problème dans sa tête. Et, à présent qu'elle traversait le hall des arrivées, elle n'arrivait plus à penser à rien d'autre. Au point qu'elle dut demander à l'officier de l'immigration qui feuilletait son passeport de répéter sa question.

— Je vous ai demandé la raison de votre visite.

— Je suis ici pour le travail.

Il la scruta avec attention, et Millie rosit en se rendant compte qu'elle ne disait pas tout à fait vrai.

— Enfin, il y a aussi des raisons plus personnelles à ma venue, mais ce ne sont pas les plus importantes.

— J'aimerais en savoir davantage sur ces « raisons personnelles ».

Le contrôle d'immigration était probablement le seul endroit de la planète où l'on pouvait dire une chose pareille sans se faire envoyer promener.

Elle déglutit péniblement.

— J'espère renouer avec quelqu'un.

— Un petit ami ?

— Pas vraiment, répliqua-t-elle, déstabilisée. C'est quelqu'un dont j'ai fait la connaissance lors de mon dernier séjour à Melbourne. J'espère le revoir, voilà tout.

— Où allez-vous loger ?

— J'ai réservé une chambre à l'hôtel, s'efforça-t-elle de dire d'un ton posé, mais un peu trop aigu. Celui où je suis descendu lors de ma dernière visite.

— Vous êtes sûre de ne pas avoir l'intention de séjourner plus de trente jours dans notre pays ?

— Certaine…, répondit-elle en fronçant les sourcils, de plus en plus troublée et brusquement inquiète de ne pas pouvoir entrer en Australie. Est-ce qu'il y a un problème ?

— Je suis là pour m'assurer que non, rétorqua l'officier avec un petit sourire. Puis-je voir votre assurance pour le voyage ?

Rougissant des pieds à la tête, Millie lui tendit les documents. Et, tandis qu'il les parcourait, elle sentit sa gorge se nouer.

— Mon médecin m'a dit que j'étais apte à prendre l'avion malgré ma grossesse. Je ne pensais pas que…

— Bon séjour en Australie ! l'interrompit l'officier, tout en apposant un cachet sur son passeport.

Osant à peine croire que le pénible interrogatoire était enfin terminé, Millie se dirigea vers la zone de récupération des bagages. Après avoir pris sa valise et déposé sur un chariot la montagne de caisses contenant ses tableaux, elle rejoignit les douanes, suivant la ligne rouge qui indiquait qu'elle avait quelque chose à déclarer et se préparant à subir une autre avalanche de questions.

Mais, après un rapide coup d'œil à ses bagages et à son passeport, l'officier la laissa entrer.

— Bienvenue à Melbourne ! Avez-vous besoin d'aide, mademoiselle Andrews ?

— Merci, je vais me débrouiller, répondit-elle avec un grand sourire, tout en poussant son chariot surchargé.

Elle franchit les portes coulissantes qui ouvraient sur le couloir menant à la sortie. Mais, brutalement, elle marqua un temps d'arrêt, éblouie par des flashs. Un groupe de photographes surexcités était massé au bout du couloir. De toute évidence, elle bloquait le passage à quelqu'un de célèbre, songea-t-elle en se retournant. Mais il n'y avait derrière elle qu'un couple âgé qui avançait péniblement, et la mère d'un bambin épuisé qui n'avait cessé de hurler depuis l'embarquement à Singapour. Aucun d'entre eux n'avait l'air particulièrement connu…

— Par ici, mademoiselle Andrews !

— Millie, de ce côté !

Abasourdie, elle se figea. C'était elle qu'ils appelaient ! Et il n'y avait pas que des photographes, mais aussi des journalistes avec des micros, et même une caméra de télévision. Comment quelques interviews à la radio et un entrefilet dans le journal pouvaient-ils lui valoir un tel succès ? Ça ne rimait à rien ! C'était le genre d'accueil réservé à une star ou à une princesse, pas à une artiste encore peu connue !

Consciente qu'avec ses cheveux ternes, son visage sans maquillage, son caleçon défraîchi et son vieux T-shirt, elle faisait piètre figure, Millie songea un instant à prendre la fuite. Que diable lui voulait la presse ? Que faisaient tous ces gens ici ?

Aussitôt, la réponse s'imposa à elle.

Ça n'avait rien à voir avec elle, mais tout avec lui.

Soudain, Millie vit s'avancer dans sa direction l'homme

qui accaparait ses pensées depuis seize semaines… soit cent douze jours… autrement dit, plus de deux mille six cents heures, d'après le calcul qu'elle avait fait pour s'occuper pendant l'atterrissage.

Vêtu d'un costume sombre et d'une chemise d'un blanc éclatant, il était plus éblouissant encore que dans son souvenir. Rasé de près, les cheveux bruns plaqués en arrière, il ressemblait à un personnage de mafieux tout droit sorti d'un écran de cinéma pour entrer dans la vraie vie — sa vie à elle.

Il marchait vers elle d'un pas décidé, comme s'il avait hâte de la revoir, et chaque fibre de son corps criait à Millie de courir à sa rencontre. Mais alors qu'elle venait de lâcher le chariot à bagages, prête à se jeter dans ses bras, quelque chose l'arrêta — quelque chose dans la posture de Levander, dans son expression, qui lui disait que même s'il lui ouvrait grands les bras et l'appelait par son prénom, il n'y avait rien de tendre dans ces retrouvailles.

Elle en eut la confirmation quand, une fois arrivé à sa hauteur, il planta les yeux dans les siens et la fixa d'un air menaçant, la mâchoire crispée.

— Levander ! s'exclama-t-elle, complètement perdue et l'esprit agité par un tourbillon de questions. Que se passe-t-il ?

Il ne répondit rien. Au lieu de cela, il l'attira violemment dans ses bras, plaqua la bouche contre la sienne et l'embrassa passionnément, la serrant si fort contre lui qu'elle n'arrivait même plus à respirer. Ses lèvres étaient aussi divines que dans son souvenir, et son odeur si délicieusement masculine qu'elle aurait dû être ivre de bonheur. Mais son regard glacial faisait mentir la chaleur de son étreinte.

Au bout d'un long moment, il releva la tête, juste assez pour lui chuchoter au creux de l'oreille :

— Je ne veux pas t'entendre. Je me charge de la presse.

— Je ne vois pas de quoi tu…

Le son de sa voix fut étouffé par le brouhaha de la foule.

Après avoir fait signe à un homme de s'occuper de son chariot à bagages, Levander la conduisit vers les journalistes, passant le bras autour de ses épaules et la serrant comme un étau. Encore ébranlée par le choc, elle vit brusquement apparaître devant elle une forêt de micros, et la tête se mit à lui tourner sous le feu roulant des questions.

— Quand allez-vous accoucher ?

— Prévoyez-vous de vous installer en Australie ?

— Depuis combien de temps connaissez-vous Levander ?

— Quand comptiez-vous lui annoncer la nouvelle ?

Atterrée, horrifiée, elle le regarda, impuissante. Comment pouvaient-ils être au courant de sa grossesse ? Alors que les journalistes continuaient à la mitrailler de questions, chaque révélation ajoutant un peu plus à sa confusion, Levander prit les choses en main, avec calme et autorité.

— Vous comprendrez sans peine que ma fiancée soit fatiguée après un aussi long voyage.

Stupéfaite, Millie ouvrit la bouche pour protester, mais il resserra encore son étreinte — Dieu merci, songea-t-elle, car, sinon, elle se serait effondrée.

— Contrairement à ce qu'affirme un article calomnieux paru ce matin, ajouta-t-il en fusillant du regard une journaliste dont le visage blêmit, je peux vous assurer que nous sommes très contents d'attendre ce bébé.

— Alors vous êtes vraiment fiancés ? demanda la journaliste en question, en brandissant un Dictaphone sous le nez de Levander.

— Il me semble que je viens de vous le dire, répliqua-t-il d'un ton sec.

Jouant des coudes pour tendre leurs micros, les autres journalistes recommencèrent à la matraquer de questions. Et, malgré l'hostilité de Levander, Millie mourait d'envie de se blottir contre lui pour esquiver les coups.

— Et votre famille, qu'en pense-t-elle ? s'écria soudain une voix tonitruante.

Aussitôt, le silence se fit.

— Ma famille est ravie, bien sûr, affirma Levander. Ils attendent l'arrivée du bébé avec une grande impatience.

— Pour quand est-elle prévue ?

— Assez de questions pour l'instant. Ma fiancée a besoin de repos.

Sans un autre mot, il l'entraîna vers la sortie. Une luxueuse voiture noire les attendait, dont le chauffeur était occupé à charger ses bagages et ses précieux tableaux dans le coffre. Quand il s'interrompit pour lui ouvrir la portière arrière, Millie fut saisie par une brusque envie de retourner dans l'aéroport et de prendre le premier vol en partance pour Londres. Même après un voyage de vingt-quatre heures, affronter la meute de journalistes et de photographes et remonter à bord d'un avion valait encore mieux qu'un tête-à-tête avec cet homme qu'elle avait l'impression de ne plus connaître.

— Monte ! lui ordonna Levander d'un ton brusque, les lèvres pâles et crispées.

Puis il s'installa à son tour. A ce moment, Millie se rendit compte qu'elle tremblait comme une feuille. Pendant que le chauffeur finissait de charger ses affaires dans le coffre, elle essaya de reprendre le contrôle — de faire part de ses griefs au parfait étranger assis à côté d'elle.

— Tu n'avais pas le droit de dire que nous étions fiancés.

— Pas le droit ? répéta-t-il avec un rire sans joie. Tu n'as pas la moindre idée de mes droits, Millie. Et j'ai l'intention de faire valoir chacun d'entre eux.

Tandis que le chauffeur s'installait au volant, Levander se pencha tout contre elle. Le regard haineux et le souffle brûlant de rage, il lui tendit un journal tout en murmurant à son oreille :

— Un peu de lecture pour la route.

Millie sentit son univers basculer en commençant à lire l'article, l'angoisse nouant sa gorge quand elle vit, couchées sur le papier, les conversations très privées qu'elle avait eues avec Janey, son amie. Distillant ses confidences comme un poison, celle-ci avait tout dévoilé, exposant chacune de ses pensées, même les plus fugaces, à la face du monde entier, et pire encore — bien pire encore — aux yeux de Levander…

— Oh, mon Dieu ! Je n'ai jamais…

— Epargne ta salive, siffla-t-il entre ses dents, avant d'ordonner au chauffeur de démarrer et de se carrer dans le siège de cuir noir, indifférent aux larmes qui ruisselaient sur ses joues.

Au bout d'un moment, il pointa du doigt un paragraphe.

— Ce passage-là est mon préféré…

Même avec la meilleure volonté du monde, Millie aurait été incapable de le déchiffrer tant les larmes lui brouillaient la vue. Mais elle n'avait pas besoin de le lire pour savoir qu'il était question de cette affreuse soirée où, désemparée, elle avait envisagé l'espace d'un instant de mettre fin à sa grossesse. Comme cela sonnait froid et détaché tandis qu'il le lisait à haute voix — loin du désespoir qui l'avait poussée à se confier à Janey. Et, bien sûr, il n'était mentionné nulle part qu'elle avait pleuré à chaudes larmes à la simple évocation de cette possibilité et qu'elle avait aussitôt su qu'elle ne serait jamais capable d'une chose pareille.

Mais comment le faire comprendre à Levander ?

Une fois le taxi arrivé à l'hôtel, ils descendirent du véhicule et montèrent dans sa suite.

— Peut-être devrions-nous découper l'article et le mettre en première page de l'album du bébé ? ironisa-t-il, lui crachant son mépris à la figure.

Maintenant qu'ils étaient seuls, les attaques continuaient de plus belle.

— Ne dis pas des choses pareilles, l'implora Millie.

— Oh, mais je te rappelle que c'est toi qui as tenu ces propos, riposta-t-il, sarcastique.

— Je sais que ça a dû être terrible d'apprendre la nouvelle de cette man…

— Tu ne sais rien, la coupa-t-il d'un ton cinglant. Cette journaliste, est-ce qu'elle dit vrai ?

— Non…, répondit Millie en secouant la tête d'un air impuissant. Enfin, en partie seulement… Une partie est vraie…

— A moins que ce ne soit le tout. Ne t'avise pas de me mentir.

— Je ne te mens pas, dit-elle la gorge nouée, cherchant désespérément une issue. Mais tu es bien placé pour savoir que les journalistes en rajoutent toujours…

— Ils n'auraient pas osé.

Sa voix était étrangement calme à présent, mais Millie ne se sentit pas rassurée pour autant.

— J'ai déjà traîné ce torchon en justice il y a deux ans, poursuivit-il. Ils m'avaient accusé de coucher avec la femme d'un de nos concurrents. Elle avait fait appel à moi pour que je l'aide à organiser une fête surprise pour son mari, et nous avions déjeuné ensemble à deux reprises pour mettre les choses sur pied. Cette initiative a failli lui coûter son mariage. Finalement, j'ai obtenu que le journal publie un démenti et, depuis, ils m'attendent au tournant. Ils n'auraient rien écrit sans être certains de leurs informations. Alors dis-moi, Millie, as-tu oui ou non envisagé de me cacher ta grossesse ? D'élever notre bébé en secret ?

Elle l'avait envisagé, oui. Le soir où elle avait fait son test de grossesse, quand elle avait eu l'impression que le sol se dérobait sous ses pieds, elle y avait pensé. Mais pour rejeter presque aussitôt l'éventualité.

— J'y ai songé, répondit-elle, incapable de supporter plus longtemps son ton accusateur. Mais, comme tu peux le voir, j'ai changé d'avis puisque je suis ici.

— As-tu aussi envisagé d'avorter ?

Millie se passa la langue sur les lèvres. Ses larmes menaçaient une nouvelle fois de couler, mais elle parvint à les retenir.

Après avoir reniflé, elle répondit d'une voix tremblante :

— Ça m'a juste traversé l'esprit.

Levander la toisa d'un air dégoûté.

— Et pendant que tu étais tellement — laisse-moi te citer, ajouta-t-il avec méchanceté, ramassant l'infâme torchon et le lisant à haute voix, chaque mot faisant à Millie l'effet d'un coup de poignard dans son cœur — « perdue et vulnérable », il est dit dans l'article que ton amie Janey t'a gentiment fait remarquer qu'étant donné l'étendue de ma fortune, le bébé et toi n'auriez pas de soucis à vous faire et que « des tas de femmes seraient heureuses de recevoir une pension alimentaire d'un Kolovsky ».

— C'est elle qui a dit ça, répondit Millie en tressaillant.

— En revanche, c'est bien toi qui es revenue en Australie après avoir « changé d'avis » au sujet du bébé, lui fit-il perfidement remarquer. Alors, mademoiselle Andrews, vous êtes de retour ici pour assurer votre avenir ?

— Si je suis revenue, c'est pour te dire que je suis perdue..., répondit-elle, le visage inondé de larmes, repensant à la peur, à la tristesse et à la confusion des seize dernières semaines, et songeant que tout cela n'était rien en comparaison de la souffrance qu'il lui infligeait maintenant. Et que j'attends un bébé de toi...

— Eh bien, comme tu peux le voir, rétorqua-t-il, impassible, je suis déjà au courant.

— Je suis désolée.

— Garde tes remords pour plus tard, riposta-t-il d'un ton méprisant. Pour quand notre enfant saura lire.

— Arrête ! supplia-t-elle, au bord de la crise de nerfs. Je t'en prie ! Je n'ai jamais voulu que cette histoire soit divulguée et je ne veux pas qu'il l'apprenne. Jamais !

— Arrête ton cinéma, Millie. Avec moi, ça ne prend pas.

Le visage menaçant, il s'approcha d'elle et la força à enlever les mains de ses oreilles. Terrifiée, elle recula contre le mur.

— Dis-moi, tu es toujours inscrite à ton club de gym ?

— Comment ! s'exclama-t-elle, interloquée.

— Cette nuit-là, tu m'as dit que tu payais ton adhésion à une salle de sport, mais que tu n'y mettais presque jamais les pieds…

— Où veux-tu en venir ? demanda-t-elle en le dévisageant d'un air stupéfait, avant de détourner les yeux, incapable de supporter son regard plein de haine.

— C'est un manque de volonté.

— Je ne comprends pas…, gémit Millie, tremblante de tristesse. Je ne comprends pas ce que tu essaies de me dire.

— Alors laisse-moi te l'expliquer. Quand je paie pour quelque chose, quand je m'engage dans quelque chose, je m'assure d'en tirer le meilleur profit — toujours.

— Qu'est-ce que mon inscription au club de gym a à voir là-dedans ?

— Je cherche juste à te faire comprendre que je suis un homme déterminé. Je sais ce que je veux. Ne crois pas une seule seconde que tu vas pouvoir me soutirer de l'argent et me tenir ensuite à l'écart de notre bébé.

— Tu t…te trompes…, répondit Millie en claquant des dents, si fort qu'elle arrivait à peine à parler.

— Quand j'aurai payé mon inscription, je n'oublierai pas de venir, reprit Levander, son accent russe plus marqué que jamais sous l'effet de la colère. Je serai là. Chaque fois. Et tu peux être sûr que j'utiliserai tous les équipements. Je ferai le nécessaire pour ça…

— Non ! s'écria-t-elle, affolée par ses sous-entendus.

Levander lui rit au nez.

— Tu ne crois tout de même pas que je parle de toi ?

Comme si je pouvais vouloir encore de toi après toutes ces saletés que j'ai lues ! Non, je parle de notre bébé. Que tu le veuilles ou non, je fais désormais partie de la vie de cet enfant. Alors ne t'imagine pas que tu vas te débarrasser de moi aussi facilement.

Submergée par l'émotion et une extrême fatigue, en plus de ses nausées matinales qui la faisaient se sentir si faible et vulnérable, Millie n'eut même plus la force de discuter. Tout ce qu'elle voulait, c'était oublier ces horreurs et se réfugier dans un endroit où elle pourrait panser ses blessures.

— On en reparlera plus tard..., parvint-elle à articuler d'une voix faible. Fais ce que tu as à faire, Levander. Et, de mon côté, je ferai de mon mieux. Je pars à mon hôtel.

— Non, tu restes ici.

— Après la manière dont tu viens de me parler, tu penses vraiment que j'ai envie de rester à t'écouter me traîner dans la boue ? De toute évidence, tu t'es déjà fait une opinion à mon sujet, et tout ce que je pourrai te dire n'y changera rien.

— Tu n'as pas le choix. A l'heure qu'il est, le hall doit grouiller de photographes et de journalistes. A mon avis, ils ne sont pas près de partir.

— Mais, bon sang, qu'est-ce qui les intéresse autant ? En quoi ma grossesse les regarde-t-elle ?

— Je suis un Kolovsky ! hurla-t-il, et son explosion de colère fut presque pour Millie un soulagement — mille fois préférable, en tout cas, à la haine glaciale qu'elle avait dû affronter à l'aéroport. Je suis un des célibataires les plus riches d'Australie. Ma vie tout entière les intéresse. Ne prétends surtout pas que tu l'ignorais ! Maintenant, si tu décides de compliquer les choses en fuyant, je ne t'en empêcherai pas. Mais je te souhaite bon courage pour arriver à te frayer un chemin et à monter dans un taxi.

Il n'avait pas tort, songea Millie en se remémorant l'hystérie de la foule à l'aéroport.

— Va dans la chambre et repose-toi, ajouta-t-il d'une

voix plus posée, sentant sans doute son hésitation. Je ne te dérangerai pas. Et lorsque nous aurons tous deux recouvré notre calme…

— Quand as-tu appris pour le bébé ? le coupa-t-elle.

— Il y a une heure. En lisant le journal.

Millie resta sous le choc, révoltée par l'ignominie de la presse. Pour un peu, elle se serait retrouvée seule face aux journalistes à sa descente d'avion. Même si Levander lui avait réservé un accueil glacial, elle lui était reconnaissante d'être venu.

— J'avais prévu de t'en parler.

— Va te reposer, Millie.

Mais elle avait trop de choses en tête.

— Janey était mon amie… Je n'arrive pas à croire…

— Ce qui est fait est fait. A présent, l'heure est venue de réparer les dégâts.

— Crois-tu que ce soit possible ?

— Je vais trouver une solution. Dès que tu seras couchée, j'irai parler à notre chargée de relations publiques afin de réfléchir avec elle à la stratégie à adopter. Et, ce soir, nous irons dîner avec ma famille. Au moins, si nous faisons front commun…

Il s'arrêta, se rendant compte sans doute qu'elle était trop épuisée pour suivre les méandres de ses pensées.

— Va dormir un peu, Millie.

Avec un hochement de tête las, elle se dirigea vers la chambre. Puis elle enleva ses vêtements et s'assit en culotte et en soutien-gorge au bord du lit. Seigneur ! Comment les choses en étaient-elles arrivées là ? Qu'allait-elle dire à ses parents pour leur expliquer la situation ?

Soudain, elle sursauta violemment, comme frappée par la foudre.

— Oh non !

Un gémissement s'échappa de ses lèvres, tandis qu'elle prenait conscience, horrifiée, que l'article était sans doute également paru dans les quotidiens anglais et que ses parents étaient probablement déjà au courant des déclarations de Janey.

Ils savaient.

Tout le monde savait.

Et c'était pour ça que l'officier du service d'immigration lui avait fait passer un interrogatoire aussi approfondi. Il avait su qu'elle était enceinte — l'avait su parce qu'il l'avait lu…

— J'ai besoin de t'emprunter ton portable…, dit-elle en passant son visage zébré de larmes dans l'encadrement de la porte.

— Bien sûr, répondit Levander d'un air perplexe. Le téléphone à côté de ton lit ne fonctionne pas ?

— C'est pour un appel international…, commença-t-elle à dire, avant de battre en retraite dans la chambre en se rendant compte de ce que ses propos pouvaient avoir de saugrenu pour le célibataire le plus riche d'Australie.

Peut-être Levander entendit-il ses nombreuses tentatives pour joindre sa famille ou peut-être comprit-il que, dans son état de nerfs, il lui était difficile de se souvenir du code pour les appels internationaux, mais toujours est-il qu'au bout d'un moment, il entra dans la chambre et composa lui-même le numéro avant de lui tendre le combiné.

Alors qu'il s'apprêtait à faire demi-tour, il s'arrêta en voyant le visage de Millie se décomposer. Et en l'entendant implorer d'une voix tremblante sa mère de se calmer, l'air tellement vulnérable en culotte et en soutien-gorge, il ne pensa plus ni au bébé ni à l'article. L'angoisse de la jeune femme était si palpable, si profonde qu'il sentit son cœur se serrer et lui posa la main sur l'épaule pour la réconforter.

— Maman, s'il te plaît, suppliait-elle encore et encore. Ce n'est pas si terrible que ça. Je vais bien. Le bébé va bien, je le sens. Je n'arrive pas à croire ce qui s'est passé… Tu dois te calmer. Tu fais de la peine à Austin. Je t'en prie, maman, la situation n'est pas aussi catastrophique qu'elle en a l'air…

Mais, de toute évidence, Mme Andrews ne croyait pas un

mot de ce que lui disait sa fille et sanglotait bruyamment à l'autre bout de la ligne.

— Moi non plus, je ne sais pas pourquoi Janey a fait ça. Je la trouvais un peu bizarre ces derniers temps. Il se peut qu'elle ait été jalouse à cause de mes tableaux. De toute façon, ça ne sert à rien de revenir là-dessus…

De nouveau, Levander sentit ses certitudes vaciller. La colère et l'humiliation d'avoir été le dernier à apprendre la nouvelle, la panique folle qui l'avait fait accourir à l'aéroport s'estompaient à présent qu'il arrivait à voir les choses sous l'angle de Millie.

Sa meilleure amie l'avait trahie, sa vie était livrée en pâture aux journalistes, elle se débattait en plein cauchemar. Son visage livide et ses efforts démesurés pour essayer de remonter le moral de sa mère le firent soudain se sentir un peu coupable. Pour la manière dont il lui avait parlé. Pour la rage qu'il avait laissée se déchaîner contre la mère de son enfant.

Son enfant.

Maintenant, il commençait à avoir conscience de la réalité. Elle portait un bébé — son bébé — et cette pensée le paralysait, le terrifiait bien plus que Millie ou n'importe qui d'autre aurait pu le croire. Et pourtant, tout au fond de lui, brillait une petite étincelle pour la minuscule vie qu'ils avaient créée.

— Tu veux que je parle à ta mère ?

Perturbée par son brusque changement d'attitude, Millie leva les yeux vers lui et le regarda d'un air stupéfait. Mais, après une brève hésitation, elle lui fit signe que non et serra le combiné plus fort, se résolvant avec amertume à s'enfoncer encore un peu plus dans le mensonge.

— Levander est venu m'accueillir à l'aéroport, maman… dit-elle d'un ton faussement enjoué, tandis que les larmes ruisselaient sur ses joues. Il s'occupe de la presse. Là, je suis chez lui. Il est juste à côté de moi… Non, il n'est pas en colère, maman. Il me connaît assez pour ne pas prendre ce qu'a dit Janey pour argent comptant.

Repoussant la main de son épaule, Millie serra les dents et lui lança un regard noir.

— Nous sortons avec sa famille ce soir. Oui… S'il te plaît, ne t'inquiète pas. Et dis à papa de ne pas s'en faire non plus. Tout va bien se passer.

Mais, quand elle comprit que rien de ce qu'elle disait ne parviendrait à apaiser sa mère et qu'elle entendit au loin les pleurs de son petit frère, Millie finit par capituler. Après avoir tendu le combiné à Levander, elle s'accroupit sur le lit, serrant ses genoux contre elle et se mordant la lèvre jusqu'au sang.

— Madame Andrews, j'aurais préféré que nous fassions connaissance en d'autres circonstances. Je tiens à vous dire que je comprends que vous vous inquiétiez pour votre fille, mais je vous assure qu'elle va bien…

Il parlait d'un ton si assuré que Millie sentit peu à peu son angoisse se dissiper. Et, de toute évidence, il avait le même effet sur sa mère car elle n'entendit bientôt plus ses sanglots affolés à l'autre bout de la ligne.

— Je suis allé l'accueillir à l'aéroport. Pour que vous n'ayez pas d'autres surprises, je vais vous dire très exactement ce que je viens d'annoncer à la presse. Je souhaite épouser votre fille, et nous dînons ce soir avec ma famille pour officialiser nos fiançailles.

Puis il lui tendit de nouveau le téléphone, et Millie écouta sa mère, maintenant revigorée, lui dire que Levander avait l'air d'un homme sympathique et qu'il semblait avoir la situation bien en main, puis lui demander si elle était sûre d'aller vraiment bien…

— Je t'assure, maman, je vais bien.

Après avoir raccroché le combiné, elle se tourna vers Levander, le regard éteint.

— Ça y est, tu as obtenu ce que tu voulais. Tu as eu ton front commun.

— J'arrive toujours à mes fins, répondit-il avec une lueur inquiétante dans les yeux. Toujours.

Elle risquait de partir.

Assis dans la semi-pénombre, son portable éteint, Levander arrivait enfin à réfléchir. Pour mettre fin aux coups frappés à la porte, il avait dû se résoudre à appeler la sécurité de l'hôtel et insister pour que quelqu'un se poste à leur étage, insistant sur le fait qu'il ne voulait être dérangé sous aucun prétexte.

Pour l'instant, une seule chose comptait.

Bon sang, que lui avait-il pris de décider d'emmener Millie dîner avec sa famille — de la jeter dans la fosse aux lions et courir ainsi le risque qu'elle découvre la vérité ?

Ils allaient la dévorer toute crue.

Il fallait absolument qu'il trouve un moyen de la mettre en garde sans rien lui dire — mais comment ?

A plusieurs reprises, il s'était dirigé vers la chambre avec l'intention de tirer Millie de son sommeil et de lui révéler ce qui le préoccupait. Deux ou trois fois même, il s'était aventuré à ouvrir la porte. Retenant son souffle, il l'avait regardée dormir, ses longs cheveux blonds répandus sur l'oreiller, sa poitrine se soulevant au rythme régulier de sa respiration, ses paupières aux longs cils agitées de soubresauts tandis qu'elle rêvait…

Comment trouver la force de la réveiller pour lui raconter le cauchemar qu'il avait vécu ?

Et que se passerait-il ensuite ?

Comment pourrait-elle comprendre ce qu'il ressentait ? Et s'il lui disait la vérité — s'il lui révélait son secret de famille — comment être certain qu'elle ne l'utiliserait pas contre lui ?

Fermant les yeux, Levander prit une profonde inspiration, son esprit s'affolant à la perspective de ce qui risquait d'arriver si les Kolovsky prenaient les choses en main. Comme avec un morceau de soie défectueux, il ne leur faudrait que quelques secondes pour mettre Millie au rebut. Son nom serait sali, traîné dans la boue jusqu'à ce qu'elle soit complètement détruite. Quand il s'agissait de la réputation de la famille, tous les coups étaient permis.

Il regarda fixement le passeport qui dépassait du sac à main de la jeune femme, posé près de sa valise entrouverte, à côté du lit. Il faudrait moins de cinq secondes à Millie pour faire ses bagages et partir.

Et qui pourrait la blâmer ?

Il ne réussirait pas à la garder prisonnière. Même s'il avait insisté sur le fait qu'il n'hésiterait pas à employer les grands moyens, elle avait trop de caractère pour ne pas se ressaisir. D'ici un jour ou deux, elle aurait recouvré son énergie et retournerait à Londres.

Avec leur bébé.

Et avec toutes les armes en main pour gagner le procès.

Soudain, les railleries de Nina revinrent le hanter, lui faisant entrevoir les terribles conséquences si Millie obtenait gain de cause.

Ce n'était pas l'idée de perdre de l'argent ou de voir sa réputation salie qui lui avait fait si peur quand Nina était venue lui annoncer la nouvelle. Non, ce qui lui avait glacé le sang, c'était d'imaginer le verdict de la cour.

A coup sûr, les juges trancheraient en faveur de Millie.

Il n'y avait qu'une seule chose à faire pour s'en sortir, songea-t-il en quittant la chambre et en fermant la porte derrière lui.

Ouvrant les rideaux du salon, il observa les nuages lourds et gris amoncelés dans le ciel — ce ciel que Millie ne tarderait pas à retraverser pour rentrer chez elle s'il ne parvenait pas à la convaincre de rester.

Il fallait qu'elle l'épouse.

Tant qu'il ne lui aurait pas passé la bague au doigt, il ne pourrait pas respirer.

Qu'elle soit d'accord ou non, il devait l'épouser afin de les protéger, elle et le bébé.

6.

— Millie ?

S'éveillant en sursaut, Millie cligna des yeux. En voyant la porte de la chambre s'ouvrir, elle repensa aussitôt à la manière dont son père l'avait accueillie dix ans plus tôt, le soir où elle était restée plus tard que prévu à une fête.

Après avoir allumé la lumière sans ménagement, Levander déposa un verre d'eau sur sa table de chevet. Même si elle ne voulait rien de lui, le tintement des glaçons et sa gorge sèche lui firent tendre machinalement la main vers le verre.

— Il est temps que tu te lèves. Je t'ai laissée dormir aussi longtemps que possible, mais notre réservation est prévue pour 8 heures.

— Magnifique…, soupira-t-elle en fermant les yeux et en reposant la tête sur l'oreiller.

— Tu devrais commencer à te préparer.

— On doit vraiment y aller ?

— Nous nous étions mis d'accord.

— Pas du tout, répondit-elle, beaucoup plus alerte après quelques heures de sommeil. Tu ne m'as jamais demandé mon avis. Et, pour ton information, sache que je ne veux pas aller au restaurant — donc je n'irai pas.

S'enroulant dans le drap, elle ferma les yeux.

Elle s'était attendue à ce qu'il quitte la pièce en claquant la porte, mais, même si elle avait les paupières closes, elle sentait sa présence troublante au-dessus d'elle.

— Tu es toujours aussi égoïste ? demanda-t-il d'un ton méprisant. Tu penses que moi, après tout ce qui s'est passé, j'ai envie de voir ma famille, de faire semblant d'être heureux pour les photographes ?

— Tu n'as qu'à rester ici, suggéra-t-elle d'une voix moins assurée qu'elle ne l'aurait voulu.

— Certainement pas. Nous devons arranger les choses.

— Comment ? demanda Millie en ouvrant un œil. Comment ce dîner pourrait-il arranger les choses ? Ce n'est pas de nous tenir par la main et de jouer au couple amoureux qui va changer quoi que ce soit.

— Tu n'oublieras surtout pas d'appeler ta mère pour lui dire tout ça.

— Pas de problème.

— Et, pendant que tu y es, téléphone aussi au restaurant pour annuler notre réservation. Mais autant laisser la surprise à nos invités quand ils arriveront.

— Il s'agit de ta famille, bougonna Millie en se tournant sur le côté.

Levander n'abandonna pas pour autant.

— Il se trouve que ce sont aussi les dernières personnes avec lesquelles j'ai envie de passer la soirée. En dépit de ce que tu as dû lire, nous sommes loin de former une famille unie.

— Alors, pourquoi… ?

— Pourquoi ? Tu as l'audace de me demander pourquoi ? Est-ce qu'il t'arrive parfois de réfléchir, Millie ?

— Bien sûr…

— Tu sais, ma famille est persuadée que tu m'as piégé. Ils ont essayé de me convaincre que tu savais parfaitement ce que tu faisais cette nuit-là…

— Je te jure que non.

— Je le sais, rugit-il. En dépit de ce qu'ils disent tous, je le sais parce que je te crois trop écervelée pour avoir manigancé quoi que ce soit… Tu ne réfléchis jamais, n'est-ce pas ? Tu croises un étranger, oublies de prendre ta pilule…

— Nous étions deux…, répliqua-t-elle en tressaillant.

— Une nuit, *trajat'sya*, de sexe, et, maintenant, nous en payons le prix fort — maintenant, nous faisons ce que font la plupart des couples lorsque leur unique nuit de plaisir revient les hanter.

— Les hanter ! s'écria-t-elle, horrifiée à l'idée qu'il voie leur bébé comme une sorte de fantôme maléfique. Comment peux-tu dire une chose pareille… ?

— Comment croyais-tu que j'allais réagir ? Tu t'imaginais que j'allais te serrer dans mes bras et te dire que c'était la plus belle chose qui pouvait nous arriver ?

— Non, répondit-elle, les yeux noyés de larmes.

— Alors, dis-moi, Millie ? Que diable croyais-tu qu'il allait se passer ? Tu as agi sans réfléchir aux conséquences. Tu as préféré te confier à ta soi-disant amie plutôt qu'à moi. Eh bien, tu sais quoi ? Moi, je prends le temps de réfléchir — je vois ce qui pourrait advenir d'ici dix, quinze ans, et j'imagine la réaction de notre enfant quand il lira ces saletés.

— Mais rien ne te dit que…

Levander ne la laissa pas finir sa phrase. Soudain, ses mains puissantes se saisirent du drap, et il tira dessus comme un prestidigitateur enlevant d'un coup sec la nappe d'une table — à ceci près qu'au lieu d'assiettes et de couteaux, il ne resta plus sur le lit qu'une Millie très choquée.

— La question n'est pas de savoir ce que tu veux, ni ce que moi je veux, mais de faire ce qui est nécessaire pour le bien de notre enfant. Nous devons tout mettre en œuvre pour que le jour où il tombera sur cet ignoble article, il comprenne que ce n'était qu'un pétard mouillé, que, dès le lendemain, tout le monde avait oublié cette histoire et ne parlait plus que de nos fiançailles. Alors maintenant, lève-toi, habille-toi et souris — ce soir, c'est l'avenir de notre enfant qui est en jeu.

Sa diatribe ne laissait pas vraiment le choix à Millie.

Pâle et tremblante, elle sortit du lit. Puis elle se pencha et jeta un coup d'œil dans sa valise.

— Je sais qu'en théorie, ça ne devrait pas avoir la moindre importance…

Perturbée par le décalage horaire, avec la tête qui lui tournait autant que si elle avait bu une bouteille de champagne, Millie fouilla dans sa valise tout en se parlant à haute voix.

— Je devrais juste être moi-même, ne prêter aucune attention aux photographes ni au fait que je dîne avec les Kolovsky…

Elle sortit de la valise sa robe rouge, celle qu'elle avait portée à quelques mariages et à des premiers rendez-vous galants qui avaient aussi été les derniers, et qu'elle avait prévu de revêtir vendredi prochain pour la soirée « à la rencontre d'un artiste », à condition toutefois que son ventre ne s'arrondisse pas trop d'ici là.

Mais, en voyant une tache sur le tissu, Millie poussa un gémissement. Brusquement, elle se rappela le morceau de gâteau tombé dessus lors du dernier mariage auquel elle avait assisté et se maudit d'avoir oublié de l'apporter chez le teinturier.

— Seigneur, qu'est-ce que je vais bien pouvoir porter ? dit-elle en levant des yeux pleins de détresse vers Levander, trop tard pour voir son sourire amusé.

— Ne t'inquiète pas. Tout est prévu.

Il n'avait pas menti.

En pénétrant dans le salon, Millie eut l'impression d'y voir exposée toute la collection de vêtements Kolovsky. Un coiffeur et une maquilleuse étaient aussi là, attendant les instructions de Levander.

C'était une véritable fête que de choisir un modèle parmi une sélection aussi éblouissante de tenues de soirée, mais les couleurs vibrantes et les étoffes épaisses lui semblaient infiniment trop fastueuses pour son modeste mètre soixante et sa mine chiffonnée. Même le noir du modèle le plus simple lui paraissait trop riche, trop profond.

Pourtant, elle aperçut soudain une robe du gris perle le

plus délicat qui soit. Et, quand elle l'eut passée, elle n'eut plus aucun mal à comprendre pourquoi certaines femmes étaient prêtes à dépenser des milliers de dollars pour un vêtement aussi fabuleux. Coupée à merveille, parfaitement ajustée, elle était ornée d'un ruché qui cachait son ventre arrondi, détournant l'attention sur sa poitrine de plus en plus épanouie et magnifiquement mise en valeur par un col impératrice.

Une cape drapée sur ses épaules, Millie ferma les yeux tandis que le coiffeur transformait ses cheveux blond vénitien en une cascade de boucles épaisses et chatoyantes, et que la maquilleuse — aussi habile qu'elle-même avec un pinceau — faisait ressortir ses yeux bleus en ombrant ses paupières de gris et en appliquant du mascara noir sur ses cils, et mettait de la couleur sur ses lèvres, les rendant si pulpeuses et sexy que Millie regrettait d'avoir si peu envie de sourire.

— C'est mieux, dit Levander en lui jetant à peine un coup d'œil, tout en relevant son col de chemise et en glissant une cravate autour de son cou. On ne va pas tarder à y aller.

— Puis-je te demander qui sera là ?

— Mon père Ivan, sa femme Nina, et certainement aussi ses horribles sœurs et les parasites qui gravitent autour d'eux. Ma demi-sœur Annika sera également présente.

— Celle avec qui tu dînais au restaurant le soir de notre rencontre ?

Levander hocha la tête. Puis il poussa un juron parce qu'il ne parvenait pas à nouer correctement sa cravate :

— Govno !

Tout en marmonnant dans sa barbe, il se dirigea vers le miroir, et Millie comprit qu'elle n'était pas la seule à être nerveuse.

— Et tes demi-frères ? Ils seront là aussi ?

— Non. Les jumeaux vivent à l'étranger. Aleksi travaille à Londres pour notre entreprise, et Iosef exerce la médecine en Russie depuis cinq ans. Il est traumatologue.

Sa cravate toujours dénouée, Levander tourna la tête vers elle.

— Tiens, dit-il en plongeant la main dans sa poche et en en sortant une bague — sans boîte ni nœud, ni autre forme de cérémonie. Tu ferais mieux de la mettre.

— Autrement dit, de continuer avec les mensonges.

— Arrête de jouer les saintes-nitouches, Millie. J'ai annoncé à ta famille et à la mienne que nous allions officialiser nos fiançailles. Tu dois porter une bague pour que nous soyons crédibles.

— Très bien, dit-elle en passant la bague à son annulaire, prenant soin de ne pas lui faire le plaisir de la regarder. Mais, tu dois savoir qu'à mes yeux, le mariage est une chose importante et que je ne laisserai personne m'y contraindre.

— Et toi, tu dois savoir que rien ne me fera changer d'avis. Si tu m'aidais un peu… Je n'arrive pas à nouer cette satanée cravate.

Décidément, il était vraiment nerveux, songea Millie. Elle aussi, du reste, et pas seulement à cause de la soirée qui les attendait, mais également parce qu'elle se trouvait à peine à quelques centimètres de lui. Il était si grand qu'elle avait le visage à hauteur de son torse, et tandis qu'elle essayait de faire son nœud de cravate, il regardait droit devant lui, et elle ne pouvait s'empêcher de respirer son odeur, d'admirer sa mâchoire énergique et rasée de près. Soudain, elle repensa à ce qui s'était passé la dernière fois qu'ils avaient été aussi proches…

Quel était cet étrange pouvoir que cet homme avait sur elle ? Ses mains tremblaient comme celles d'une droguée et son corps n'en pouvait plus d'attendre la prochaine injection.

Profondément troublée, elle baissa la tête et regarda la bague à la dérobée. Même si elle était ornée d'un diamant d'au moins un carat, Millie n'arrivait à penser à rien d'autre qu'au fait que sa main touchait Levander.

— Voilà…, dit-elle en s'éclaircissant la gorge.

Puis elle recula un peu et contempla bien plus que son nœud de cravate.

— C'est l'heure de partir ?

— Nous sommes censés attendre Katina, la chargée de relations publiques, répondit-il en jetant un coup d'œil à sa montre. Elle devrait déjà être là pour nous donner ses instructions.

— Ses instructions ? reprit Millie avec un gloussement nerveux. Nous allons dîner avec ta famille. Qu'est-ce qu'elle pourrait bien avoir à nous dire ?

Levander lui adressa un sourire glacial.

— A priori pas grand-chose, mais je ne serais pas étonné d'apprendre que tu as parlé de cette histoire à quelqu'un d'autre. Que comme tu t'ennuyais dans l'avion, tu t'es confiée à…

— Tu es injuste ! Janey était mon amie… Je lui faisais confiance.

— Et qui doit réparer les dégâts maintenant ? Je me demande si tu es stupide ou si tu fais semblant.

— Espèce de moins que rien !

— Touché, répliqua-t-il, le visage livide. Je suis un moins que rien. On m'a toujours traité comme un moins que rien. Et si tu crois une seule seconde que j'ai l'intention de faire subir à mon enfant le même sort, laisse-moi te dire que tu te trompes. J'en ai assez d'attendre Katina. Allons-y !

Alors qu'ils sortaient dans le couloir, Levander eut l'audace de lui offrir sa main, et elle s'agrippa plus fort à la lanière de son sac, les larmes au bord des yeux. Quand ils montèrent dans l'ascenseur, Millie se rappela le premier baiser qu'ils avaient échangé, l'amour et l'émotion qu'elle avait éprouvés alors, et elle fut incapable de supporter une seule seconde de plus de lui cacher la vérité.

— A propos de ce que tu as dit tout à l'heure…

— Plus tard, l'interrompit-il, fronçant les sourcils.

Mais elle ne pouvait pas attendre.

— Je n'ai pas oublié de prendre la pilule.

Elle vit son visage se crisper.

— Quoi ?! Alors Nina avait raison ? Tu savais très bien ce que tu faisais ?

L'ascenseur s'arrêta au douzième étage, mettant fin à leur échange. Un couple de personnes âgées entra et les salua poliment avant de se prendre affectueusement par la main. Leur amour était si éloigné de ce qu'elle vivait avec Levander que Millie se sentit plus triste encore.

Quand ils arrivèrent au rez-de-chaussée, une jolie jeune femme s'avança vers eux et se présenta à Millie, un sourire éclatant aux lèvres.

Puis elle s'adressa à Levander :

— Tu étais censé m'attendre.

— Tu n'avais qu'à ne pas être en retard, répliqua-t-il d'un ton acerbe.

— Nina a mis un peu plus de temps que prévu. Levander, à partir de maintenant, plus d'interviews ni de petites phrases à l'emporte-pièce, même si les journalistes cherchent à te provoquer. Des photographes doivent encore traîner autour de l'hôtel. Alors si vous voulez que les journaux oublient cette histoire, je vous suggère de sourire. Quant à moi, je vais m'asseoir à l'avant de la voiture pour pouvoir répondre aux questions de la presse. Millie, ajouta-t-elle en marchant d'un bon pas vers la voiture qui les attendait, essayez au moins de faire semblant d'être contente de revoir Levander. Toi, prends sa main… la droite… et veille à ce que la bague soit bien visible.

Il obéit, serrant si fort la main de Millie qu'il lui fit mal. Puis, sans un sourire pour les photographes, il la conduisit tambour battant vers la voiture, tout comme le père de Millie l'avait fait le soir où il était venu la chercher à la fête.

— Tu le savais…, siffla-t-il entre ses dents, tandis que la voiture se dirigeait à vive allure vers le restaurant. Tu as fait exprès de ne pas prendre ta pilule. Profite bien du spectacle que tu as toi-même mis en scène. De toute évidence, tu as travaillé dur pour en arriver là.

— Tu es toujours si prompt à me condamner, répondit-elle d'un ton rageur, sans se préoccuper du fait qu'ils arrivaient devant le restaurant, ni de la foule massée sur le trottoir. Peut-être suis-je stupide, mais il se trouve que je n'ai jamais pris la pilule. Et, contrairement à tes autres conquêtes, je ne me promène pas avec des préservatifs dans mon porte-monnaie, juste au cas où un maudit Russe déciderait de me ravir ma virginité.

— Quoi ? s'exclama-t-il d'une voix rauque, ses yeux s'accrochant aux siens, alors qu'elle essayait vainement de regarder ailleurs. Es-tu en train de me dire… ?

Brutalement, la portière du véhicule s'ouvrit, les flashs des photographes se mirent à crépiter et les journalistes les interpellèrent de toutes parts. Millie vit Levander hésiter, sans doute saisi par l'envie de les agonir d'injures et de leur claquer la portière au nez afin de poursuivre sa conversation avec elle.

Mais elle n'avait aucune intention de continuer la discussion maintenant — ni même un autre jour si elle pouvait l'éviter.

— Exactement, répliqua-t-elle d'un ton brusque.

Juste avant qu'ils ne descendent de voiture, elle lui décocha une dernière flèche afin de lui donner de quoi méditer pendant le dîner :

— Et toi, Levander, quelle est ton excuse ?

7.

— Millie !

— Levander !

— Par ici, Millie !

Tandis qu'ils descendaient du véhicule et se dirigeaient vers le restaurant, les photographes continuaient à crier leurs noms. Et, malgré sa colère, Millie tenait fermement la main de Levander pour éviter de succomber à l'envie de faire demi-tour en courant.

De son côté, Levander était trop bouleversé pour prêter attention aux journalistes. Il ne pensait plus à rien d'autre qu'à arracher Millie à la foule et à lui dire qu'il ne la croyait pas — que la femme sensuelle et ardente qu'il avait serrée dans ses bras cette nuit-là savait très bien comment satisfaire un homme…

… comment le satisfaire.

Il se remémora leurs corps chauds entrelacés, sa langue audacieuse mais si tendre explorant chaque centimètre de sa peau, et ses yeux brillants comme des diamants cherchant l'approbation dans son regard, juste avant qu'il ne l'implore de continuer.

Et, soudain, il se sentit coupable. Parce que, au moment où il avait caressé le cœur de sa féminité, l'idée l'avait traversé de prendre un préservatif dans le tiroir de sa table de chevet, comme il le faisait toujours…, mais qu'il avait choisi de ne pas le faire.

Choisi de la sentir pleinement, avide d'un plaisir qu'il était certain qu'elle seule pouvait lui donner. Et jamais il n'avait connu de jouissance plus intense, de libération plus explosive.

— L'un de vous deux a-t-il un commentaire à faire à propos de l'article publié ce matin affirmant que Millie a songé à avorter ?

Ce fut la question de trop, celle que Levander ne parvint pas à ignorer.

— Aucun, répondit-il d'un ton rogue.

Désobéissant une fois encore aux consignes de Katina, il passa le bras autour de l'épaule de Millie et prit sa main dans la sienne, sans se soucier du fait qu'il gênait les photographes occupés à réaliser des clichés de sa bague de fiançailles. Puis, marquant un temps d'arrêt, il toisa la foule des journalistes.

— Je n'ai rien à vous dire. Vous me dégoûtez tous.

Quand elle pénétra dans le restaurant, Millie n'eut pas le loisir de se détendre car une partie de la famille Kolovsky les attendait déjà dans l'entrée.

Et, alors que Levander avait qualifié les sœurs de sa belle-mère « d'horribles », elles étaient toutes plus ravissantes les unes que les autres. De petites femmes menues, parées de couleurs vibrantes, qui fondirent sur elle comme des colibris et l'embrassèrent à tour de rôle.

Si leur apparence était délicate, il n'y avait rien de fragile dans leurs voix — des voix fortes, riches, qui emplissaient l'espace et étouffaient la sienne. En dépit de sa complète ignorance du russe, Millie avait la certitude qu'elles parlaient d'elle, et elle fut reconnaissante à Levander d'agripper fermement son bras, tandis qu'il l'entraînait au fond du restaurant.

— Je te présente mon père.

Millie se tourna vers l'homme le plus âgé assis à la table. Son corps était émacié, et ses cheveux argentés coiffés en arrière révélaient un visage décharné, presque squelettique.

— Je vois que mon fils a hérité de mon goût pour les belles femmes…, dit-il en levant son verre d'une main tremblante, comme pour lui porter un toast.

Ne sachant pas trop comment se comporter, Millie se tourna vers Levander. Ses yeux brillants de colère étaient rivés à ceux de son père.

— Dieu merci, je n'ai rien hérité de toi, répliqua-t-il d'un ton glacial.

Millie retint de justesse une exclamation stupéfaite.

— Tu es un ingrat, Levander. Je t'ai tout donné : argent, voitures, yachts…

— J'ai travaillé pour avoir tout ça. Avec ou sans toi, j'aurais réussi — *vrubatsa ?*

— C'est ce que tu crois, riposta Ivan. Mais, un jour ou l'autre, tu prendras conscience de la chance que tu as eue. Seulement, il sera peut-être trop tard pour me remercier. Sans moi, tu n'es rien…

Le silence se fit autour de la table et tous regardèrent Levander.

— Sans toi…, c'est précisément la manière dont j'ai vécu ma vie. Alors ne me demande pas de m'apitoyer sur ton sort à présent. Je préfère pleurer ma mère.

— Levander, dit Annika d'un ton suppliant. Papa est gravement malade. Pourtant, il a pris la peine de venir ici ce soir. Qu'est-ce qui ne va pas chez toi ? Ce matin, tu t'en prends à maman, et maintenant…

Sa demi-sœur avait raison, songea Levander. Que diable se passait-il ? D'habitude, il ne faisait jamais allusion au passé en présence de sa famille — ni de n'importe qui d'autre, d'ailleurs. Mais, aujourd'hui, il s'enflammait à la moindre remarque, comme si chacune de leurs paroles rouvrait d'anciennes blessures, mettant à vif la colère qu'il avait gardée enfouie depuis qu'il était enfant.

Vidant son verre d'un trait, il le reposa sur la table.

Bon sang, que lui arrivait-il donc ?

Au lieu de se concentrer sur son objectif — faire en sorte que Millie l'épouse au plus vite, avant qu'elle ne découvre son passé troublé —, il agissait comme s'il voulait à tout prix forcer sa famille à reconnaître la vérité qu'ils taisaient depuis toujours.

Sa vérité à lui.

— Ce n'est pas l'endroit où discuter de ça, Annika, intervint Nina d'un ton réprobateur.

Tandis qu'un serveur déposait un somptueux plateau de fruits de mer devant eux, la conversation redevint parfaitement courtoise.

— Au fait, quand le mariage aura-t-il lieu ? demanda Nina, pendant que Millie avalait une grande gorgée d'eau.

— Il est trop tôt pour le dire, répondit Levander.

— C'est toi qui as annoncé à la presse qu'elle allait devenir ta femme, répliqua sa belle-mère en haussant les épaules. Alors, maintenant, tu dois fixer une date. Nous partons à Milan dans deux semaines, puis nous avons prévu d'aller à Paris. Je pense que nous aller passer tout l'hiver en Europe. Ton père a besoin de chaleur…

— Je n'ai aucun besoin de connaître ton plan de vol, répliqua Levander d'un ton détaché, faisant mine de ne pas voir où Nina voulait en venir.

— Le plus tôt sera le mieux si elle veut pouvoir rentrer dans sa robe, insista Nina.

— Notre mariage ne regarde que nous, riposta-t-il d'un air sinistre, réussissant pour un moment à la faire taire.

La soirée se poursuivit dans la même ambiance tendue, mettant les nerfs de Millie à rude épreuve. C'était tellement horrible d'écouter la famille de Levander évoquer leur relation comme si elle n'était même pas là, comme s'il leur revenait à eux d'en décider l'issue…

Lorsque Nina recommença à parler en russe, en faisant de grands gestes dans sa direction, Millie sentit ses joues la brûler d'embarras et de colère. Et, bientôt, toute la famille prit part à la bruyante conversation.

— Millie ne comprend pas le russe, intervint soudain Levander d'un ton brusque. Si vous devez parler, faites-le en anglais.

— Elle pourrait ne pas avoir envie d'entendre ce que nous avons à dire..., observa l'une des sœurs de Nina.

— Raison de plus pour vous taire, répondit-il d'une voix calme, mais avec une lueur menaçante dans les yeux.

Son regard resta un long moment rivé à celui de sa belle-mère, et quand celle-ci se mit à rougir, un sourire cruel se dessina sur le visage de Levander.

— Parlons en anglais alors, dit Nina d'une voix rauque, en se tournant nerveusement vers sa sœur.

La fin de soirée fut tout aussi éprouvante et, même si Millie n'avait quitté Londres que depuis deux jours, elle repensa avec nostalgie à sa famille. Leurs petites querelles à l'heure du dîner étaient à des années-lumière de l'atmosphère empoisonnée qui régnait à la table.

Quand ils eurent terminé leur dessert et que le serveur vint leur demander s'ils souhaitaient un café, Millie fit une dernière tentative pour nouer le dialogue avec Annika.

— Vous êtes styliste ? Levander m'avait pourtant dit que votre travail consistait à créer des bijoux...

— Je fais les deux, répondit la jeune femme d'un ton méfiant, tout en jetant un coup d'œil inquiet à sa mère.

Pendant que Millie essayait désespérément de faire la conversation à sa famille, Levander écouta leurs réponses évasives, les regarda se rétracter dans leurs coquilles incrustées de diamants quand une question les gênait, les observa jusqu'à ce que leur simple présence lui devienne insupportable.

— Et vous avez une préférence ?

— Je suis douée pour les deux.

— Ah..., bredouilla Millie, stupéfaite par sa réponsc.

Puis, voyant que la conversation tombait à plat, elle tenta un autre sujet :

— Vous êtes née ici ? En Australie, je veux dire ?

— Oui.

— Et il vous arrive d'aller… ?

Buvant une autre gorgée d'eau et priant pour que le serveur se dépêche d'apporter le café, Millie regarda Levander à la dérobée. Il pianotait nerveusement sur la table, les yeux rivés au cadran de sa montre, comme s'il allait prendre congé d'une seconde à l'autre. Avec un peu de chance, il songerait à l'emmener avec lui en partant, se dit Millie en poursuivant sa phrase, même si elle sentait Annika sur la défensive :

— … en Russie ? A… Detsky Dom ?

Si elle avait dansé nue sur la table, la réaction des Kolovsky n'aurait pas pu être pire. Annika renversa son verre de vin, laissant échapper une exclamation stupéfaite, Nina fixa Millie bouche bée, et Ivan fut brutalement pris d'une quinte de toux. Mais le plus étrange fut qu'au moment où elle tournait des yeux angoissés vers Levander, cherchant à comprendre ce qu'elle avait pu dire de si terrible, il se mit à rire à gorge déployée.

— Je suis désolée, bafouilla-t-elle. J'ai dit quelque chose qu'il ne fallait pas ?

— Tu n'as pas à t'excuser, répliqua Levander.

Il riait encore, mais son regard était noir comme un ciel d'orage.

— Annika est trop bien pour… « Detsky Dom », vois-tu… Pas vrai, Nina ? dit-il en se levant. Allez, viens, Millie… on s'en va…

— Il est trop tôt…, objecta sa belle-mère.

— Les photographes ont leurs clichés. Que veux-tu de plus ? demanda Levander en la regardant d'un air méprisant.

Et, de nouveau, tout recommença : la valse des lèvres écarlates, le parfum emplissant ses narines, les adieux bruyants.

Tout au long du trajet qui les menait à l'hôtel, l'esprit de Millie ne cessa de bruire de questions.

— Je ne comprends pas, dit-elle une fois qu'ils furent seuls dans la suite de Levander. Qu'est-ce que j'ai dit de mal ?

— Tu ne peux jamais savoir avec ma famille.

— Ils ont été si impolis..., fit-elle remarquer, ne se souciant pas de la règle qui voulait que même si son partenaire critiquait avec virulence sa famille, il fallait s'abstenir de surenchérir. Pourtant, quand nous nous sommes levés pour partir...

— Les gens nous regardaient, expliqua-t-il d'un air sombre. Tu viens d'assister à un spectacle de toute beauté, dans le plus pur style Kolovsky. Tout ce qui importe à ma famille, c'est de sauver les apparences.

— Toi aussi, tu as été impoli..., observa Millie d'un ton réprobateur. A la seconde même où nous sommes entrés dans le restaurant, tu t'es comporté de manière ignoble avec ton père. Qu'est-ce que tu as contre lui ? Tu lui en veux parce qu'il a quitté ta mère ?

— N'insiste pas, Millie.

— Et Nina, insista-t-elle, se rappelant la haine dans les yeux de Levander et le sourire cruel sur ses lèvres. Ce n'est pas seulement que tu ne l'aimes pas. Tu la hais, n'est-ce pas ?

Comment Millie faisait-elle pour lui poser la seule question à laquelle il ne pouvait s'autoriser à répondre ? Il voulait plus que tout se confier, partager son enfer avec elle. Mais comment y parvenir ?

— La situation est compliquée, répondit-il en serrant les poings, avant de fermer les yeux, se concentrant pour trouver les mots justes sans trop lui en dire. Ce sont des histoires de famille — l'histoire de mon père tout autant que la mienne.

— Eh bien, étant donné que je suis enceinte de son petit-fils ou sa petite-fille, je devrais être en droit de savoir.

Millie vit son visage se contracter, mais elle poursuivit :

— Ton père n'est pas simplement fatigué, pas vrai ?

— Tu as raison. Il est en train de mourir. Tu es contente maintenant ?

— Contente ? répéta-t-elle en secouant la tête d'un air consterné. Pourquoi te montres-tu aussi froid avec lui ?

— Je t'ai dit de ne pas insister, Millie.

— J'en avais l'intention, répondit-elle en haussant le ton. Mais, ce soir, tu m'as envoyée dans un champ de mines. Je veux savoir ce qui se passe…

— *Men'she znayesh'— krepche spish*, cria-t-il d'une voix rauque, si pleine de douleur et de colère que Millie se sentit bouleversée. Va te coucher !

— J'en ai assez que tu me dises ce que je dois faire. Chaque fois que je te pose une question à laquelle tu n'as pas envie de répondre, tu cherches à te débarrasser de moi !

Elle l'impressionnait, songea Levander. Pas la petite boule de colère d'à peine un mètre soixante qui le défiait du regard, mais la femme qu'elle était, et le pouvoir qu'elle avait de provoquer chez lui des sentiments si intenses qu'il avait l'impression de perdre la tête…

— Il faut que tu dormes, dit-il en l'entraînant dans la chambre à coucher.

Avec un gémissement de frustration, elle se rendit dans la salle de bains. Après avoir libéré ses cheveux, elle retira la robe de soie Kolovsky et la laissa tomber en tas sur le sol. Puis, sans même prendre le temps de se démaquiller, elle passa un peignoir et retourna dans la chambre, juste au moment où Levander s'apprêtait à en sortir.

— Tu sais… ça te va très mal d'être jaloux, lui lança-t-elle.

— Tu dis n'importe quoi, répliqua-t-il en se retournant.

— Pas du tout. Tu es jaloux de ta famille.

Elle vit son visage pâlir et sa mâchoire tressaillir.

— Jaloux parce que pendant que tu devais te battre à l'autre bout du monde pour survivre, ils vivaient dans le luxe, insista-t-elle d'un ton rageur.

— Tu penses que je suis jaloux ? répéta-t-il avec un rire sans joie. Que c'est ce qui me rend comme je suis ? Laisse-moi te dire que c'est bien mal me connaître.

— Je ne demande qu'à apprendre ! Mais, chaque fois, tu fuis mes questions en m'embrassant, en me disant d'aller me coucher ou en me parlant russe… Ce que tu viens de me dire, qu'est-ce que ça signifie ?

— Je ne me rappelle pas ce que je t'ai dit…

— *Men'she znayesh'— krepche spish.*

Millie le vit s'agripper à la poignée de porte, le dos raide et les muscles des épaules tendus à l'extrême. Il devait avoir pensé qu'elle aurait oublié, mais, même si elle ne les comprenait pas, les paroles de Levander étaient si désespérées, si pleines de souffrance qu'elles resteraient à tout jamais gravées dans sa mémoire.

— C'est un dicton russe, répondit-il, sans même la regarder.

La lassitude semblait avoir remplacé l'amertume, la colère fait place à la résignation. Et Millie songea soudain qu'elle n'avait jamais vu quelqu'un avoir l'air aussi seul.

— Il signifie « moins tu en sais, plus paisible est ton sommeil ».

— Mais moi, je veux savoir !

Avant même qu'elle en ait fini avec lui, Levander avait disparu de la chambre, fermant la porte derrière lui.

Une nouvelle fois, Millie se repassa le film de la soirée, repensant aux bribes de conversation en russe qu'elle avait entendues. Telles de grosses gouttes de pluie criblant un pare-brise, elles avaient annoncé une tempête imminente : la réaction horrifiée d'Annika quand elle avait commencé à poser des questions sur la ville natale de Levander.

Mais, brusquement, Millie s'aperçut que dans sa quête de réponses, elle avait oublié de lui demander quand sa mère était morte.

Ouvrant la porte, elle entra dans le salon. Levander

regardait par la fenêtre, les yeux dans le vague. Il était plus beau que n'importe quel modèle de sa classe d'art, mais son visage était si douloureux que Millie fut envahie par une profonde tristesse.

— Quel âge avais-tu ?

Il ne se retourna pas, mais, à la manière dont il ferma les yeux, Millie comprit qu'il avait saisi sa question.

— Trois ans, finit-il par répondre.

— Et quand elle est morte, sa famille n'a pas pu… ? commença-t-elle, avant que les mots ne restent coincés dans sa gorge. Ils ne t'ont pas élevé, n'est-ce pas ?

— Pour ça, il leur aurait fallu enlever le pain de la bouche de leurs propres enfants… Je ne crois pas que tu comprennes ce que c'est que d'être pauvre…

Il parlait sur un ton calme, sans moquerie ni animosité. Et, soudain, Millie se mit à trembler de tout son corps, horrifiée par ce qu'elle entrevoyait du passé de Levander.

— « Detsky Dom » n'est pas une ville, n'est-ce pas ? Quand ta mère est morte, on t'a placé dans un foyer…

Pour la première fois depuis qu'elle avait pénétré dans la pièce, Levander la regarda — ou plus exactement, il regarda dans sa direction car il avait toujours les yeux dans le vague.

— Non. Avant ça, lorsque son état de santé ne lui a plus permis de s'occuper de moi, on m'a mis dans une *dom rebyonka* — une sorte de garderie. C'est seulement à l'âge de quatre ans que j'ai été envoyé dans un *detsky dom*, un foyer.

Millie fut soudain transpercée par une douleur si forte qu'elle fut incapable de prononcer un mot.

— Et, avant que tu ne m'accuses une fois encore d'être jaloux, enchaîna Levander, je tiens à te dire que j'accepte le passé et les choix qui ont été faits par ma famille. J'accepte même ce que eux n'arrivent pas à accepter.

— Que veux-tu dire ? Je ne comprends pas.

— Comment le pourrais-tu ? rétorqua-t-il d'une voix blanche. A présent que ta curiosité est satisfaite, peut-être vaudrait-il mieux que tu me laisses seul...

— Que je te laisse seul ?

Elle avait posé la main sur son bras et parvint enfin à sentir la chaleur qui émanait de son corps. Pendant quelques secondes, le choc avait agi comme un anesthésiant, bloquant la peine qui la submergeait et nimbant tout ce qui l'entourait de brouillard. Mais les sentiments revenaient maintenant, et l'idée qu'il la repousse lui était insupportable.

— Pourquoi veux-tu que je parte... ?

« Parce que c'est ce que tu finiras par faire. »

Il ne le dit pas, mais se contenta de fixer ses paupières gonflées de larmes, ce visage autrefois heureux et aujourd'hui dépourvu de tout sourire, et il se détesta pour avoir abîmé ce qui avait été si parfait.

— Allez, va donc te coucher.

— Je suis désolée pour tout ce que tu as enduré, dit-elle, consciente que, même si elles venaient du plus profond de son cœur, ses paroles devaient lui sembler bien dérisoires.

Au moment où elle s'apprêtait à faire demi-tour, Millie changea d'avis et se pencha pour l'embrasser. C'était un baiser innocent — un simple baiser de bonne nuit déposé sur ses lèvres, mais il dura un instant de trop. Il était si facile de l'embrasser, de fermer les yeux et de chasser de son esprit toutes ces atrocités... Au bout d'un moment, elle sentit Levander la repousser doucement.

— Cette fois..., dit-il d'un ton beaucoup moins détaché, la respiration saccadée. Quand je te suggère d'aller au lit, tu comprends que je ne suis pas en colère... ?

— Oui. Mais, si tu veux, je peux rester, suggéra-t-elle, avec l'étrange impression que quelqu'un d'autre parlait à sa place tant elle était étonnée par sa propre audace.

Ce n'était pas seulement pour lui qu'elle offrait de rester, mais aussi pour elle. Elle ne supportait pas l'idée de se retrouver seule dans le lit à pleurer sur le cauchemar qu'il avait vécu. Elle le voulait maintenant. Elle voulait tout oublier dans ses bras.

Et, en dépit du fait que Levander la repoussait, tout son corps criait à Millie qu'il avait lui aussi besoin d'elle.

Mais, s'il lui demandait de partir, elle obéirait.

Seulement, il ne le fit pas. Au lieu de cela, il s'empara de ses lèvres avec une telle avidité, un tel désespoir qu'elle en eut la respiration coupée. Et tandis qu'il explorait sa bouche et l'attirait dans ses bras, pas encore assez près au goût de Millie, elle éprouva une sensation délicieuse au contact de sa mâchoire rugueuse sur sa peau.

Son peignoir de soie glissa de ses épaules. S'agrippant à la chemise de Levander, elle en arracha presque les boutons. Puis elle se lova contre son torse puissant. Et, alors qu'il la plaquait contre lui, elle sentit la puissance de sa virilité contre son ventre.

— Toute la journée depuis que je t'ai vue..., commença-t-il d'une voix rauque de désir, ponctuant chacun de ses mots d'un baiser, lui embrassant la bouche, les épaules, la poitrine, enflammant sa chair, lui donnant le vertige et la menant vers des sommets de plaisir. Toute la journée, j'ai été dur pour toi.

Si dur en effet.

De ses mains fiévreuses, elle libéra son membre gonflé de désir. Elle voulut le caresser, mais Levander n'avait pas une seconde à perdre. La prenant dans ses bras, il la souleva. Instinctivement, elle enroula les jambes autour de sa taille, lui mordillant l'épaule tandis qu'il pénétrait son intimité. Mais, quand il s'enfonça en elle, Millie le regarda d'un air affolé, ne sachant plus quoi faire. De nouveau, il lui montra, guidant ses fesses tout en allant et venant en elle, jusqu'à ce qu'elle trouve son propre rythme.

— Je ne vais pas pouvoir tenir...

Sa mise en garde intervint une seconde trop tard. Déjà,

elle était traversée par une onde de chaleur d'une telle force que son corps fut bientôt secoué de violents soubresauts. Effrayée par la puissance de sa jouissance, elle leva des yeux inquiets vers Levander. Rassurée par son regard, elle se libéra de toute crainte et s'abandonna complètement… lui offrant la dernière parcelle de son cœur.

8.

En s'imaginant que les révélations de Levander, l'intimité qu'ils avaient partagée et le fait qu'ils passaient désormais leurs nuits dans le même lit finirait par les rapprocher, Millie s'était trompée sur toute la ligne.

Tout se passait comme s'il ne l'avait jamais touchée et ne lui avait jamais rien dit de son passé. Maussade et distant, il passait ses journées à travailler et, plutôt que de lui réserver ses soirées, il l'emmenait à des dîners interminables, suivis de fêtes qui l'étaient tout autant.

Et même s'il tendait parfois le bras vers elle dans son sommeil, jamais il ne lui faisait l'amour. Nuit après nuit, elle se retrouvait seule avec son désir, à contempler l'homme qui disait vouloir l'épouser mais semblait ne pas l'aimer.

— J'aime bien cet article, dit Katina en leur tendant à chacun un exemplaire du même journal.

Millie fit une grimace en relisant le titre qui avait été placardé quelques jours plus tôt sur les stands de tous les kiosques à journaux : De Londres, avec amour.

— Mais de toute façon, tous sont élogieux. J'ai aussi jeté un coup d'œil à quelques-uns des magazines qui vont sortir la semaine prochaine. Je dois admettre que ton coup de gueule contre les journalistes semble avoir payé, Levander : ils te mangent tous dans la main… Paragraphe deux, ajouta-t-elle sur le ton sec d'une maîtresse d'école, en leur tendant un autre article : « Kolovsky a défendu bec et ongles sa jeune fiancée contre les paparazzi, visiblement impatient d'entrer dans le restaurant pour partager son bonheur en famille. » Millie et toi, vous vous êtes très bien débrouillés. Et la cerise sur le gâteau, c'est que les journalistes ne parlent plus de la maladie de ton père. Tous les quotidiens sont sur les dents et veulent être les premiers à annoncer la date du mariage. Qu'est-ce que je dois leur dire ?

— Je n'en sais rien pour l'instant, répondit Levander avec un sourire crispé. Mais, dès que je le saurai, tu en seras la première informée.

— Alors, quelle date ? lança Levander à Millie, à peine Katina eut-elle franchi le seuil de la porte.

— Mon Dieu, ce que tu peux être romantique parfois… Je t'ai dit que je ne voulais pas que tu fasses pression sur moi. D'abord, il y a cette soirée « à la rencontre d'un artiste » qu'organise Anton. Et ensuite…

Se mordant nerveusement la lèvre, Millie se força à le regarder.

— Ensuite, je pense que je devrais retourner à Londres pour parler à ma famille…

Elle s'était préparée à une explosion de colère, mais il resta assis à la fixer calmement, pendant qu'elle se tortillait sur le canapé, terriblement mal à l'aise. Et c'était mille fois pire encore.

— J'ai besoin de rentrer chez moi pour réfléchir à ce que je dois faire.

— Tu sais très bien ce que tu dois faire.

Elle eut un petit rire impuissant.

— Me résigner à un mariage sans amour…

— Ce qui ne veut pas dire que ce ne sera pas un mariage heureux.

— Nous nous parlons à peine.

— Qu'est-ce que nous sommes en train de faire ?

— Tu ne me dis jamais de ce que tu ressens…

— Pourquoi le ferais-je ? demanda-t-il en la regardant d'un air interloqué.

Millie tressaillit.

— Pour que nous apprenions à nous connaître… Pour que nous puissions…

Il fallait à tout prix qu'elle se montre courageuse. Qu'elle trouve la force de lui demander. Pour le bébé.

— Tu penses que… je ne sais pas… un jour… ?

Elle essayait de ne pas pleurer, mais le souvenir de la belle brune du club lui revint brusquement à la mémoire, tandis qu'elle reconnaissait dans sa voix les mêmes intonations suppliantes.

— Tu penses pouvoir m'aimer un jour ?

— Oh, Seigneur…, marmonna-t-il, comme si elle n'était qu'une gamine qui l'ennuyait avec ses questions stupides. C'est chaque fois la même chose : « Levander, est-ce que tu m'aimes ? Levander, tu m'aimeras plus si je change ceci ou cela ? Levander… pourquoi ne me dis-tu jamais que tu m'aimes… ? » Je ne vais pas te mentir en te disant que je t'aimerai un jour. Je n'en sais rien…

— Ne t'inquiète pas. J'ai compris le message, dit-elle en levant une main tremblante pour lui faire signe d'arrêter, alors que les larmes lui montaient aux yeux.

Mais il n'avait même pas encore commencé.

— Je n'en suis pas si sûr. Je vais donc me montrer très clair avec toi : je ne te garde pas prisonnière, tu connais la combinaison du coffre et ton passeport se trouve à l'intérieur. Si tu veux retourner en Angleterre, libre à toi de le faire. La décision t'appartient.

— J'ai juste besoin de réfléchir, répondit Millie, complètement perdue. Je ne suis pas en train de te dire que je refuse de t'épouser…

Elle allait partir. C'était ce qu'il entendait — ce qui le

rongeait de l'intérieur. Toute la semaine, il avait attendu, convaincu qu'elle allait l'abandonner à présent qu'elle connaissait la vérité. Et, à la seconde même où elle serait de retour dans sa famille, ses parents feraient comprendre à Millie qu'elle n'avait pas besoin de lui.

Elle allait partir. Mais il ne pouvait pas la laisser s'en aller comme ça, même s'il ne la méritait pas.

— Si tu essayes de m'écarter de la vie de ce bébé, je jure de te faire vivre un enfer, dit-il avec un accent russe plus fort que jamais, ses prunelles plus noires que la plus sombre des nuits d'hiver. C'est toi qui nous as couverts de honte dans les journaux, et c'est encore toi qui refuses à notre enfant le bonheur d'être élevé au sein d'un foyer stable. Mais laisse-moi te dire qu'il y a un gros avantage à être un Kolovsky : l'argent. Je suis prêt à dépenser chaque centime de ma fortune pour m'assurer que mon enfant grandisse auprès de moi, même si je dois pour cela travailler dans l'entreprise de mon père jusqu'à mon dernier souffle.

— Levander…

La peur s'insinuait en elle à présent. Si elle retournait en Angleterre, elle risquait de vivre un cauchemar : ce seraient d'interminables batailles d'avocats, des plaintes à n'en plus finir, et sa vie privée se retrouverait livrée en pâture aux journaux…

— Partons loin d'ici pour en discuter, proposa-t-il d'une voix étranglée.

D'un seul coup, la boule de foudre qui roulait dans sa direction, sifflant de colère et brûlant tout sur son passage s'était apaisée. Mais le ton de sa voix faisait tout aussi peur à Millie, cette fois pour lui. Et, pendant une fraction de seconde, elle vit dans son regard le petit garçon qu'il avait dû être — un enfant effrayé, à la vie détruite par la mort prématurée de sa mère.

— Je vais prendre mes dispositions. Nous quitterons Melbourne cet après-midi. Je vais essayer…

Le regard plein de détresse, il offrit enfin à Millie ce qu'elle avait fini par croire impossible :

— Je vais essayer de te laisser mieux me connaître.

9.

— Nous sommes presque arrivés.

Ils n'avaient pratiquement pas parlé durant le voyage, mais Millie n'en avait pas vraiment souffert. Pendant que l'avion se dirigeait vers le nord de l'Australie, laissant derrière eux le vent frais d'hiver au profit d'une chaleur tropicale, elle avait d'abord eu un peu de mal à supporter le silence. Mais, peu à peu, elle avait fini par s'y habituer, se perdant comme Levander dans ses pensées et essayant de prendre la pleine mesure de la tâche qui les attendait. Au fur et à mesure du trajet, la tension s'était progressivement relâchée, et alors qu'ils approchaient de l'aéroport de la Grande Barrière de corail, où ils avaient embarqué dans un hydravion pour la dernière étape de leur périple, ils avaient même réussi à échanger quelques mots.

Le visage collé au hublot, Millie admira le bleu azur de la mer, si limpide qu'elle arrivait à voir les poissons, et les îles à la végétation luxuriante qui défilaient sous ses yeux, telles les pages d'une somptueuse brochure de voyage.

— Tu vas bien ?

— Très bien, souffla Millie. Mais je m'en veux.

— Pourquoi ?

— J'aurais dû prendre le temps de venir ici lors de mon premier séjour. Je n'arrive pas à croire que j'aie raté ça.

— Tu n'as encore rien vu.

Il n'avait pas exagéré.

Un hors-bord les attendait, qui les emmena jusqu'à la plage. Et, tandis que Levander l'aidait à descendre du bateau, Millie eut l'impression de se retrouver au paradis. L'eau fraîche clapotait autour de ses chevilles et une douce brise soufflait sur l'océan Pacifique alors que la nuit tombait. Après quelques pas, elle se retrouva sur une immense étendue de sable blanc d'une finesse et d'une douceur si incroyables qu'elle aurait pu y passer la nuit allongée comme sur un lit douillet. Plus loin, des cabanes basses de bois, invisibles au premier coup d'œil, se mêlaient harmonieusement à la forêt d'arbres.

— L'île tout entière appartient à ta famille ?

— Oui. C'est de loin le meilleur investissement qu'ait fait mon père — il l'a achetée pour une bouchée de pain quand les taux d'emprunt hypothécaires ont monté en flèche et que les gens se sont retrouvés ruinés.

— C'est un endroit fabuleux, dit Millie à voix basse.

— Je viens souvent ici.

Elle entendit le point final dans sa voix, puis le sentit faire des efforts démesurés pour essayer de tenir sa promesse — la laisser pénétrer ses pensées.

— La plupart du temps, je viens seul. Je m'y sens bien.

— Je comprends pourquoi, répondit Millie avec un sourire. C'est magnifique…

— C'est vrai, se contenta-t-il de dire en la prenant par le bras et en l'entraînant vers une grande cabane avec une terrasse de bois.

L'intérieur était sobre, mais décoré avec beaucoup de goût. D'immenses canapés blancs, parsemés de coussins, invitaient au repos, et le soleil couchant qui pénétrait par les fenêtres parait les murs blancs de teintes orangées. C'était un lieu bien plus intime et chaleureux que l'hôtel de luxe qu'il considérait comme son domicile, songea Millie en regardant les photos de famille qui ornaient les murs et les étagères.

Elle prit tout son temps pour les examiner, souriant devant une photographie qui montrait un Levander un peu plus jeune, à la mine renfrognée. Mais, en fixant un autre cliché qui représentait ses frères jumeaux en train de faire une course de tricycles, et Annika, jolie comme un cœur, le visage rayonnant dans son landau, Millie sentit son cœur se serrer, songeant qu'il aurait dû avoir sa place parmi eux.

— C'est toi ? demanda-t-elle en se précipitant sur une photographie noir et blanc représentant un bébé aux cheveux noirs, qui fixait l'objectif d'un air grave.

— Non. C'est mon père. Je ne suis pas assez âgé pour avoir porté ce genre de vêtements de bébé.

Millie eut un petit rire.

— En tout cas, il te ressemble. Ou plutôt, tu lui ressembles. Je me demande…

Elle s'interrompit brusquement, parcourue par un frisson d'excitation. Le bébé qu'elle portait dans son ventre aurait-il la chance de ressembler à Levander ?

— Moi aussi. Depuis que j'ai appris la nouvelle, je me demande s'il va être blond comme toi… ou si elle va être brune.

— Quel serait ton souhait ? demanda Millie. Je veux dire, si tu avais le choix, que voudrais-tu pour notre enfant… ?

Fronçant les sourcils, il parut se concentrer sur sa question.

— Je vais y réfléchir, répondit-il au bout d'un moment. Je te le ferai savoir.

Ce qui était une réponse plutôt étrange. Mais Millie ne s'y attarda pas, car une tout autre chose venait d'attirer son attention. Stupéfaite, elle reconnut accroché au mur son tableau — le premier qu'elle avait vendu.

— Tu n'aurais pas dû faire ça, Levander… Nous nous étions mis d'accord sur le fait que ce serait de la triche.

— Je n'ai pas triché. J'ai suivi la femme qui l'avait acheté et elle accepté de me le revendre, voilà tout.

— Oh ! s'exclama-t-elle avec une pointe de déception dans la voix.

Levander eut un petit sourire.

— C'est une marchande d'art, Millie. Elle a voulu faire un placement en misant sur le fait que ta cote allait monter. Tu vas devoir t'habituer à l'idée que les gens n'achètent pas tous tes tableaux pour des raisons sentimentales.

— Et toi, pour quelle raison l'as-tu acheté ? demanda-t-elle en s'empourprant.

Une petite lueur d'espoir tremblota en elle, mais elle s'éteignit quand il haussa les épaules.

— Je suppose qu'il m'intéressait…, répondit-il en observant la toile d'un peu plus près. Je n'avais jamais investi dans des œuvres d'art. Mais je crois que je vais m'y mettre.

— Donc, nous sommes seuls sur l'île ? demanda-t-elle, changeant brutalement de sujet et se tournant vers la fenêtre pour tenter de cacher sa déception, furieuse contre elle-même pour avoir espéré une autre réponse. A part les employés, bien sûr.

Millie les voyait sur la plage, occupés à dresser la table et à allumer un feu.

— Ils vont bientôt partir. Ils viennent ici deux fois par jour quand il y a des invités.

— Ils ne vivent pas sur l'île ?

— Non…, dit-il en se dirigeant à son tour vers la fenêtre et en lui montrant des lumières qui scintillaient au loin. Il y a un palace à une dizaine de kilomètres d'ici. Ils travaillent là-bas.

— Pas de service en chambre la nuit, alors ? demanda Millie en poussant un soupir, incapable d'imaginer trouver un jour sa place dans l'univers de luxe qui était celui des Kolovsky.

— Si tu as besoin de quelque chose, on s'arrangera, répliqua Levander d'un ton coupant. Je vais leur dire que nous n'allons pas tarder à passer à table. Je suppose que tu désires prendre une douche avant le dîner…

Même au milieu de nulle part — même dans le décor le

plus romantique de la terre —, il y avait encore des règles à suivre si vous dîniez avec un Kolovsky.

— Bien sûr, dit Millie avec un petit sourire. Je n'en ai pas pour longtemps.

Prise d'une frénésie de dépenses, Millie avait passé toute la matinée à faire du shopping avec un Anton très excité, même s'il avait été tout sauf réjoui d'apprendre qu'il lui faudrait reporter sa soirée « à la rencontre d'un artiste ». Au final, la moitié de l'argent de ses ventes de tableaux était passée dans ce qu'elle espérait être une garde-robe de vacances à la hauteur de Levander.

A présent, elle se dirigeait vers la chambre, prête à sortir de sa valise les quelques centimètres d'étoffe dorée qu'Anton avait choisie pour elle. Mais ses nouveaux vêtements étaient déjà accrochés dans la penderie, ses nouvelles chaussures soigneusement alignées sur le sol, et son parfum, son maquillage et son fer à lisser les cheveux rangés dans la luxueuse salle de bains en marbre.

Millie resta stupéfaite devant le raffinement de la pièce. Du marbre au peignoir, en passant par les serviettes de bain, tout était blanc, et un pan entier de mur était occupé par le plus grand miroir qu'elle ait jamais vu.

Soudain, elle fut saisie par l'envie de se plonger dans un délicieux bain moussant, mais, de peur que l'humidité ne fasse friser ses cheveux, elle opta finalement pour une douche rapide. Puis elle passa ses sous-vêtements tout neufs et enfila la luxueuse robe lamée or. Se reculant, elle se regarda dans le miroir. Le superbe tissu épousait magnifiquement les courbes de son corps.

La grossesse commençait à opérer ses changements. Ses seins, qui avaient toujours été plutôt généreux, ressemblaient à présent à deux pêches mûres, ses tétons pointaient tels deux bourgeons gorgés de sève et ses fesses étaient trop charnues pour ressembler à celles des sublimes top models que Levander était habitué à fréquenter.

Et pourtant…

… elle se sentait magnifique.

Le léger arrondi de son ventre la fascinait.

Posant la main dessus, Millie ferma les paupières. Et, soudain, elle crut recevoir un coup de pied.

— Est-ce qu'il bouge ?

Millie sursauta violemment, puis elle poussa un soupir résigné. Evidemment, ce n'était pas une porte de salle de bains fermée qui allait arrêter un homme comme Levander !

— Il bougeait sans arrêt pendant l'échographie, répondit Millie, qui sourit à ce souvenir. Mais je ne pense pas pouvoir le sentir. Normalement, ça ne se produira pas avant plusieurs semaines.

— Tu ne penses pas pouvoir le sentir ?

— Disons que… parfois, j'ai l'impression de sentir quelque chose, mais le médecin m'a dit que c'était probablement juste…

Elle s'interrompit, peu désireuse d'évoquer avec lui ses problèmes de digestion, mais contente qu'il se montre aussi intéressé.

— Tu veux toucher… ? demanda-t-elle en rougissant jusqu'à la racine des cheveux. Je veux dire, il n'y a rien à sentir, mais…

— J'aimerais beaucoup.

Son ventre n'était pas encore très gros, mais il promena la main dessus d'un air captivé.

Lorsqu'il la déplaça vers le haut, Millie rit doucement.

— Tu ne vas rien sentir comme ça. Ici…

Recouvrant la main de Levander, elle le guida plus bas. Quand elle baissa les yeux sur leurs doigts entrelacés, l'éclat du diamant accrocha son regard. Même s'il lui avait été donné pour de mauvaises raisons, sans trop savoir pourquoi, elle avait l'impression qu'il était à sa place à sa main.

Et, soudain, elle sut à la façon dont il la touchait, à l'émerveillement sur son visage que, quoi qu'il advienne, leur bébé aurait toujours un père.

— J'aimerais que notre enfant soit heureux.

Il sourit devant son air déconcerté.

— Je repensais à ce que tu m'as demandé tout à l'heure : ce que je souhaiterais pour notre enfant. Si notre bébé est heureux, alors nous pourrons dire que nous avons fait du bon travail.

Millie avait simplement voulu savoir s'il préférerait un garçon ou une fille et pensait qu'il l'avait comprise à demi-mot. Pourtant, songea-t-elle, les larmes aux yeux, sa réponse était exactement celle qu'elle attendait.

— Ils n'utilisent que des produits locaux.

Le serveur déposa une louche de barramundi — un poisson local très prisé — sur son assiette. Le parfum acide du citron vert lui chatouilla les narines, et elle regarda avec gourmandise les échalotes caramélisées, mêlées aux petites pommes de terre beurrées qui absorbaient les jus parfumés.

— Ça a l'air délicieux.

En d'autres circonstances, Millie aurait fermé les yeux et se serait concentrée sur les mille et une saveurs du plat. En d'autres circonstances, elle les aurait ensuite rouverts et regardé avec émerveillement l'homme qui se trouvait en face d'elle.

… Mais pas cette fois-ci.

Alors que le serveur s'éclipsait, elle jeta un timide coup d'œil à Levander.

Telle une lanterne dans le ciel bleu nuit, la demi-lune basse projetait des ombres sur sa mâchoire, faisant ressortir ses pommettes saillantes et rehaussant la beauté naturelle de ses traits, cependant qu'il la fixait d'un regard noir et suspicieux.

— Ils doivent vraiment rester ici ? demanda-t-elle.

Il fronça les sourcils.

— Qui ?

— Les employés, répondit-elle en se penchant vers lui et en lui parlant à voix basse pour que le serveur ne l'entende pas. Je ne me sens pas vraiment libre…

— Ils ne nous écoutent pas.

— Tu veux parier ? J'ai été serveuse, souviens-toi.

— Si tu n'es pas contente du service, je peux leur dire d'être plus discrets, de…

— Le service est parfait… mais nous pourrions tout aussi bien être assis à la terrasse d'un restaurant à Melbourne, à Londres, ou n'importe où ailleurs…

— Je ne te suis pas, Millie. Ce matin, je te propose de t'emmener dans un endroit où personne ne viendra nous déranger, et tu disparais pendant trois heures pour revenir avec une toute nouvelle garde-robe. Et puis, à peine arrivée ici, tu te plains qu'il n'y aura pas de service en chambre.

— J'essayais juste…

La voix de Levander couvrit la sienne.

— Tu mets une robe dorée pour le dîner, tu te maquilles comme pour une soirée de gala et tu me parles de discrétion.

— C'est que j'ignore comment me comporter avec toi, dit Millie en fondant en larmes. Depuis que tu es entré dans ma vie, je ne sais même plus qui je suis. Tout ce que je voulais, c'était me retrouver en tête à tête avec toi.

Se levant de table, Levander se dirigea vers le serveur et lui chuchota quelques mots à l'oreille avant de revenir s'asseoir.

— Ils vont s'en aller. Nous avons toutes les provisions qu'il nous faut et, de toute façon, il n'y a jamais de personnel quand je viens ici tout seul. Seulement, je ne pouvais pas être certain de ce que tu voudrais.

Millie parvint à esquisser un sourire.

— C'est vrai, reconnut-elle, les yeux mouillés de larmes. Mais, tout de même, tu aurais pu attendre qu'ils aient débarrassé la table pour leur dire de partir !

Puis, de peur qu'il ne prenne sa boutade au sérieux, elle s'empressa d'ajouter :

— Je plaisante…

— Lors de notre première rencontre, tu desservais les tables et, si tu avais la moindre idée de l'effet que tu as eu sur moi, tu saurais combien je me réjouis de voir le personnel nous quitter.

Millie pria pour que le rouge qui lui était monté aux joues passe inaperçu dans la pénombre, inquiète qu'il flirte aussi dangereusement avec elle.

Après avoir fait leurs bagages, les employés se dirigèrent vers le hors-bord. Et, tandis que le bruit du moteur disparaissait au loin, Millie fut parcourue par un long frisson — non pas d'excitation, mais de peur.

Levander et elle étaient seuls au monde, sans rien ni personne pour détourner leur attention du problème qu'ils devaient affronter.

Elle était coupée de tout, coincée sur une île déserte avec l'homme dont elle était amoureuse — ce même homme qui lui avait dit qu'il ne l'aimerait jamais.

10.

Même si le but de leur voyage était de discuter et s'ils étaient désormais seuls sur l'île, Millie était incapable de parler sur commande. Et, malgré tous ses efforts pour se détendre, elle se sentit plus nerveuse que jamais le lendemain matin.

Après s'être généreusement enduite d'écran total, elle passa un Bikini, un short, un T-shirt et des sandales et se rendit dans la cuisine. Tandis qu'elle préparait le petit déjeuner, coupant des fruits frais en morceaux, Levander déambulait dans la pièce, bâillant, s'étirant et buvant du lait à même la bouteille, plus magnifique que jamais nu avec sa serviette de bain nouée très bas autour des hanches.

— Tu veux de la salade de fruits ? demanda-t-elle.

— Non, répondit-il en prenant un gros carré de pastèque, avant de promener un œil amusé sur sa tenue. Tu pourras me rapporter un journal du magasin ?

— Quel magasin ?

Comprenant soudain qu'il se moquait d'elle pour s'être trop habillée, Millie passa ses nerfs sur les fruits, les tranchant avec plus d'énergie encore.

— Je vais me baigner, dit-il. Tu viens avec moi ?

— Non. Je te rejoins dans un instant.

Il se dirigea vers la porte d'entrée.

— Levander…, le rappela-t-elle, soudain très inquiète à l'idée qu'il attende d'elle qu'elle se mette nue sur la plage.

— Oups ! dit-il en se retournant au même instant, un

beau sourire aux lèvres. J'ai failli oublier de prendre mon maillot de bain.

— Très drôle !

Elle le regarda s'éloigner, admirant son dos musclé et le galbe parfait de ses fesses. Quand sa famille et la presse n'étaient pas dans les parages, il redevenait l'homme qui lui avait tourné la tête la première nuit.

Pourtant, elle était toujours furieuse contre lui. Furieuse à cause de l'attitude détestable qu'il avait eue à Melbourne et du petit jeu de séduction auquel il s'amusait avec elle. Mais elle était aussi en colère contre elle-même, parce que, malgré tout, elle continuait à le désirer de chaque fibre de son être.

Rester assise sur la plage à brûler au soleil et à regarder Levander affronter l'océan tumultueux ne risquait pas d'arranger les choses. Millie avait attendu qu'il soit assez éloigné du rivage pour retirer son T-shirt et ses sandales, consciente qu'elle était ridicule de se montrer aussi pudique alors qu'il avait déjà tout vu d'elle, et pourtant incapable d'enlever son haut de maillot afin de bronzer sans marques. Jamais encore elle ne s'était sentie plus grosse, plus pâle ou plus vulnérable que dans son minuscule Bikini rouge, cependant que Levander fendait les flots, beau comme un dieu.

Au bout d'un moment, il regagna le rivage. Avec l'eau qui ruisselait sur son corps, il était encore plus sexy, songea Mille en le voyant courir vers elle.

— Elle est bonne, dit-il en s'ébrouant comme un chien fou, faisant gicler de l'eau partout sur elle.

— Tant mieux.

— Tu devrais venir.

— Je ne voudrais surtout pas abîmer mon maquillage, répliqua-t-elle d'un ton peu aimable, alors qu'elle n'en portait pas.

Sa mauvaise humeur le fit sourire.

— Je suis désolé pour ce que je t'ai dit hier soir… En vérité, tu étais très belle.

— C'est gentil de me le dire maintenant !

— J'ai parfois la dent dure…, confessa-t-il. J'ai dû apprendre à donner des coups pour survivre. Mais j'essaierai de ne pas recommencer.

Il s'allongea à côté d'elle à même le sable et fixa le soleil, les yeux plissés.

— Toi, tu ne donnes jamais de coups, n'est-ce pas ? demanda-t-il en tournant la tête vers elle.

Elle baissa les yeux sur le visage de Levander, songeant qu'il était beaucoup plus facile de le regarder dissimulée derrière ses lunettes de soleil.

— Je n'en ai jamais eu besoin.

— Dire que j'ai passé tout ce temps à penser que tu étais comme les autres. Je me trompais complètement…

— Nous voulons la même chose pour notre enfant, Levander.

— Une famille ?

Elle ferma les yeux, incapable de lui répondre.

— Moi, en tout cas, c'est ce que je veux, ajouta-t-il, brisant le silence insupportable. A propos de famille, comment la tienne a-t-elle pris la nouvelle ?

— Ça leur a causé un choc, avoua Millie en déglutissant péniblement. C'était la dernière chose à laquelle ils s'attendaient. J'ai toujours été tellement…

— Méfiante ? suggéra Levander, repensant aux mises en garde incessantes de sa propre famille.

— Non, pas méfiante. Plutôt passionnée. Depuis le lycée, l'art est ma passion, et j'ai mis des mois à préparer mon voyage en Australie. Mes parents n'auraient jamais pensé me voir revenir à la maison enceinte.

— Quand leur as-tu annoncé ?

— Il y a environ un mois, dit-elle en poussant un long soupir.

Elle voulut continuer, mais en fut incapable. Alors il prit la main dans la sienne et la tint doucement. Réconfortée par son soutien silencieux, elle eut la force de poursuivre :

— Quelques semaines après mon retour en Angleterre, j'ai enfin trouvé le courage de me rendre dans une clinique — tu sais, pour faire un test de dépistage…

— C'était inutile. Pour moi aussi, c'était une première sans…

Millie n'aurait pu le jurer à cause de ses lunettes de soleil, mais elle eut l'impression qu'il rougissait légèrement. Elle aussi du reste, car il lui revint soudain à la mémoire la honte qu'elle avait éprouvée dans la salle d'attente en attendant que son numéro soit appelé.

— Je ne le savais pas. J'ignore pourquoi j'ai pensé à tout sauf à la possibilité d'une grossesse. Et, quand j'ai su que j'étais enceinte, j'ai eu un mal fou à l'annoncer à ma famille. D'ailleurs, je ne leur ai jamais dit que c'était une… aventure d'un soir. Je leur ai laissé penser que… que nous étions attachés l'un à l'autre.

— C'est le cas, rétorqua-t-il, et c'était peut-être la chose la plus gentille qu'il lui ait jamais dite. Que leur as-tu dit d'autre ?

Elle sentit ses joues s'empourprer.

— Peut-être vaut-il mieux que je le sache avant de faire leur connaissance, insista-t-il.

— Je leur ai raconté que ta famille tenait un commerce près de la galerie d'Anton.

— Un commerce ? Tu veux dire qu'ils pensent que je suis le fils du marchand de légumes du coin ?

— Non. Je leur ai dit que tes parents possédaient une petite boutique de vêtements. Mais, de toute façon, ils connaissent la vérité maintenant.

— Pourquoi leur avoir caché la vérité ? Te montrer franche avec eux aurait pu faciliter les choses…

— Ou les rendre plus compliquées. Il s'agit de leur petit-fils ou de leur petite-fille, Levander. Ils auraient sûrement eu peur en apprenant qui tu es. Pour les mêmes raisons que moi…

— Je ne veux pas me battre contre toi, Millie.

— Alors ne le fais pas, dit-elle, regrettant aussitôt la note de mise en garde dans sa voix. Si on allait jouer dans l'eau ?

— Jouer ? répéta Levander en la regardant d'un air perplexe.

Visiblement, il n'avait aucune idée de ce qu'elle voulait dire, songea Millie en le prenant par la main et en courant avec lui vers le rivage.

Un play-boy qui ne savait pas s'amuser.

Mais il apprenait vite.

Après être entrée en trombe avec lui dans l'océan, elle s'amusa à l'éclabousser. Il eut un instant d'hésitation, puis commença à répliquer à ses attaques.

Ils jouaient comme des enfants insouciants, Levander s'étranglant de rire alors qu'elle plongeait pour lui attraper les chevilles et le faire couler. Elle retint sa respiration tandis qu'il se vengeait, l'entraînant sous l'eau avant de la faire remonter de ses bras puissants à la surface. Mais à peine avait-elle eu le temps de reprendre son souffle qu'il s'empara de sa bouche, l'embrassant si avidement, si férocement que la tête se mit à lui tourner.

— Ça, nous le faisons bien…, dit-il en relevant la tête.

— C'est vrai…, répondit-elle, se maudissant pour être aussi faible avec lui et détestant la manière dont son corps le réclamait.

— Et puis, c'est mieux que de se battre…, reprit-il en l'embrassant dans le cou, avec une telle passion qu'il meurtrit sa chair — et son âme aussi. Mais, tout d'abord, je dois…

L'entraînant vers le rivage, il la força à s'allonger sur le sable mouillé et plaqua son corps chaud et puissant contre le sien. Puis il lui arracha le haut de son Bikini et le jeta dans l'eau. Millie vit avec un petit sourire l'océan engloutir une heure de shopping.

Libérée de toute inhibition, elle lui retira son maillot de bain et planta les ongles dans ses fesses, tandis que l'océan emportait au large leur deuxième offrande. Quand Levander la serra dans ses bras, elle savoura le goût du sel sur ses épaules, et, alors qu'il détachait sauvagement les liens de son bas de maillot, Millie sentit contre son intimité la pleine force de son désir, son besoin impérieux de la posséder qui faisait écho au sien.

Lorsqu'il la pénétra, elle se cambra contre lui, savourant les sensations qui l'envahissaient. Puis il se mit à bouger en elle, avec des mouvements de va-et-vient aussi puissants que les vagues qui agitaient l'océan. Et, chaque fois que l'eau se retirait et que Millie tentait de reprendre son souffle, il s'enfonçait plus profondément, ne lui laissant pas une seconde pour se ressaisir. Tandis qu'il se déchaînait à l'intérieur d'elle, comme elle l'avait si souvent rêvé depuis qu'ils avaient fait l'amour pour la première fois, elle enroula les jambes autour des siennes. Il la combla au rythme du flux et reflux de l'océan, et elle sentit déferler en elle une jouissance d'une telle force qu'elle eut l'impression de sombrer.

Plus tard, quand la récréation fut terminée — la première dans la vie de Levander — et alors que le soleil éclatant laissait place à la nuit, il lui parla.

Par bribes.

Il lui dit quelques mots des pièces de repos, du personnel aussi. La plupart des employés avaient pris soin des enfants, mais il n'y avait pas eu assez pour tout le monde.

Pas assez de nourriture, de vêtements et de couches. Et pas non plus assez d'attention et d'affection pour chacun.

Avant de lui confier quoi que ce soit cependant, Levander lui précisa qu'il ne voulait ni de sa compassion ni de sa pitié, mais qu'il cherchait simplement à l'aider à le connaître afin que, peut-être, elle parvienne à mieux le comprendre et choisisse de rester.

— Elle était son employée de maison.

Alors qu'ils étaient encore allongés sur le sable, leurs corps étroitement enlacés, Levander la laissa peu à peu pénétrer son enfer, les yeux levés vers le ciel.

— Quand elle est tombée enceinte, mon père a voulu la garder comme maîtresse. Mais ça n'a pas été suffisant pour ma mère. Elle voulait qu'il l'épouse, ou du moins qu'il n'ait plus qu'elle dans sa vie… Mais il a refusé. Ma mère était une personne très fière, obstinée aussi… Quoi ? demanda-t-il en la voyant sourire.

— Ta mère et toi, vous êtes pareils alors.

Levander fronça les sourcils, comme si cela ne lui était jamais venu à l'esprit. Puis, avec un sourire, il haussa les épaules et accepta de partager avec elle un autre petit pan de son histoire.

— Elle l'a quitté, ce qui a provoqué la fureur de sa famille.

— La fureur de sa famille ?

— Ses parents l'ont déshéritée, expliqua-t-il. Pendant plus de trois ans, tout s'est bien passé pour nous. Jusqu'à ce que…

Il ne souriait plus maintenant, et Millie vit qu'il luttait pour continuer :

— Mon père a épousé Nina. Elle était enceinte des jumeaux. Je pense qu'ils avaient déjà l'intention de quitter la Russie. Pour se sentir moins coupable sans doute, il a donné à ma mère beaucoup d'argent et est venu jouer avec moi presque tous les soirs. Elle toussait déjà beaucoup à l'époque, je m'en souviens, mais je crois que personne ne savait combien c'était grave. Et, d'un seul coup, mon père a disparu, et elle est tombée très malade. Quand elle m'a déposé à la garderie pour aller à l'hôpital, elle m'a dit qu'il viendrait me chercher.

— Personne n'a réussi à retrouver sa trace ?

Levander éclata d'un rire ironique.

— Ils n'étaient même pas mariés. Pourquoi prendre la peine de faire des recherches ? Pourtant, ma mère m'avait déclaré à l'état civil sous le nom de mon père, et, en Russie, tu prends comme deuxième prénom celui de ton père, si bien que mon nom complet est Levander Ivanovich Kolovsky, autrement dit « Levander fils d'Ivan ». Mais qui s'en souciait ? Je n'étais qu'un enfant parmi beaucoup d'autres. Mieux loti que la plupart, en fait.

— Comment ça ?

— Ma mère est restée quelque temps avec moi…

Il ferma les yeux, et Millie ne sut pas s'il empêchait les souvenirs de remonter à la surface ou s'il cherchait au contraire à revivre cette période.

— Grâce à elle, j'ai appris à bien me comporter, à lire et à écrire. Sans cela, je serais sans doute devenu fou.

— Comme l'enfant dont tu m'as parlé, celui qui criait chaque fois qu'il devait aller se coucher ?

— Comme lui, acquiesça-t-il. Avec ma mère, nous étions pauvres mais heureux.

— Tu te rappelles vraiment ?

— Très bien, répondit-il en hochant la tête. Je la revois comme si c'était hier en train de lire, de chanter ou de me donner une petite tape parce que j'avais dit un gros mot…

Il rit à ce souvenir.

— La plupart des enfants là-bas n'ont même pas eu droit à ces moments. Ils ont été abandonnés à la naissance et n'ont rien connu d'autre que l'orphelinat. Si je n'ai pas crié ni pleuré quand ma mère est morte, c'est parce que je croyais que mon père allait venir me reprendre. C'était la toute dernière chose qu'elle m'avait dite avant de me laisser. Une chose que j'ai essayé de garder pour moi, mais quand je n'y arrivais pas, j'ai dû apprendre à me défendre. Et puis, j'ai beaucoup étudié. J'étais toujours le premier de ma classe. Alors que j'allais intégrer l'université de Moscou, mon père a fini par me trouver.

— Il t'avait cherché ?

— Apparemment. Il semble qu'il m'ait envoyé de l'argent

tous les mois et qu'il m'ait écrit des cartes postales et des lettres, mais je n'ai jamais rien reçu. La famille de ma mère a dû garder l'argent et jeter le reste. Finalement, il est venu me chercher et je suis rentré avec lui en Australie. Mon arrivée a provoqué tout un tas de problèmes : Iosef et Aleski étaient furieux que mon père leur ait caché qu'il m'avait abandonné. Ils ont tout fait pour se rapprocher de moi, mais je n'ai pas réussi à leur faire confiance. J'étais en colère contre eux et contre le monde entier.

— Et maintenant ?

— Dès qu'il a été en âge de le faire, Iosef a quitté la maison et est parti étudier la médecine. Quant à Aleksi, il vit à Londres. Nous n'avons jamais eu la chance d'apprendre à nous connaître…

— Et pour ce qui est d'Annika ?

— Annika…, répéta-t-il en secouant la tête d'un air désolé. Elle voudrait simplement que tout aille bien.

— Tu penses que ça arrivera un jour ?

— Je l'ignore.

Soudain, Millie repensa à ses propres peurs, à ses doutes et à ses inquiétudes, et elle essaya de s'imaginer ce qu'elle aurait ressenti si elle avait dû tout garder pour elle.

— Ils ont honte du passé… Mais c'est mon passé. S'ils n'arrivent pas à y faire face, ils n'arriveront jamais à m'accepter. Les voitures, l'argent, c'est juste pour sauver les apparences. Mon père et Nina vivent dans la peur que leur secret ne soit dévoilé et que les gens les jugent…

Et ce serait si facile de les juger et de les condamner, songea Millie. Si facile de détester un homme qui était allé jusqu'à abandonner son propre fils.

— Il dit qu'il regrette, ajouta Levander, et sa voix d'ordinaire assurée se brisa, bouleversant Millie. Il s'en veut pour ce que j'ai enduré et essaie de se faire pardonner.

— Tu penses pouvoir y arriver ?

— Je ne sais pas.

Elle pleurait à présent, et essayait tant bien que mal de cacher ses larmes. Maintenant, elle comprenait le mal qu'avaient pu lui faire les paroles de Janey, ce qu'il avait dû ressentir en apprenant qu'il avait un bébé à l'autre bout du monde…

— J'ai passé toute mon enfance à attendre qu'il vienne me chercher. Je voulais qu'il soit fier de moi quand il me verrait. Je ne sais pas si j'aurai la force de lui pardonner, mais, étant donné son état de santé, il va falloir que je me décide très vite.

Il y eut un long silence.

— Pourquoi serait-ce aussi terrible pour toi de m'épouser, Millie ? Tu sais à quel point c'est important pour moi.

— Ce n'est pas un mariage qui arrangera les choses…, dit-elle en déglutissant péniblement. Levander, si tu ne m'aimes pas… ce n'est pas un bout de papier qui changera quoi que ce soit.

— Pour moi, si.

Ce n'était pas les mots qu'elle avait si désespérément envie d'entendre et, même s'il essayait de se montrer honnête, les paroles de Levander ne faisaient que la blesser davantage.

— Je veillerai sur toi et te serai fidèle. Tu sais, nous ne sommes pas obligés de nous aimer pour nous marier. Ce qui compte plus que tout, c'est l'amour qui nous unit à notre enfant.

11.

— Les Maldives peut-être… ? suggéra Katina en tendant à Levander une épaisse brochure de voyage.

Il y jeta à peine un coup d'œil, visiblement pressé de s'en aller.

— Une préférence, Millie ?

— Je ne sais pas…, marmonna-t-elle, détestant la tournure qu'avaient pris les événements depuis qu'ils étaient revenus à Melbourne.

Son bronzage s'effaçait presque aussi vite que les espoirs dont elle avait été si pleine sur l'île — des espoirs qui l'avaient finalement convaincue d'accepter d'épouser Levander.

A présent qu'elle était de retour dans le monde réel — celui où les emplois du temps réglaient la vie —, elle n'était plus certaine qu'un bébé ou l'attrait sexuel suffiraient à les faire rester ensemble.

— Il faudra que nous allions à Londres pour voir ma famille. Ils voudront sûrement faire ta connaissance.

— Ils me verront au mariage, répondit Levander d'un ton décontracté, avant de froncer les sourcils devant son air inquiet. Ne t'inquiète pas. Je leur paierai les billets d'avion.

— Ce n'est pas une question d'argent, dit Millie en rougissant, tandis que Katina l'écoutait, impassible. Austin ne peut pas prendre l'avion. Il déteste tout ce qui bouge. Papa et maman ont déjà les pires difficultés à le faire monter dans la voiture.

— Qui est Austin ? s'enquit Katina.

— Le frère de Millie.

— Et il n'aime pas les voyages ?

Seigneur ! Comme elle avait horreur de devoir se justifier auprès de gens qu'elle connaissait à peine !

Ils n'étaient rentrés que depuis quelques jours, mais c'était déjà leur deuxième rendez-vous avec Katina.

Un rendez-vous pour préparer leur mariage.

Savoir que Levander ne pourrait jamais l'aimer avait finalement rendu sa décision plus facile à prendre.

Au moins, les choses étaient claires à présent. La seule raison pour laquelle il voulait d'elle était le bébé qu'ils avaient conçu ensemble, et il était inutile de se bercer d'illusions en espérant que leur amour grandirait un jour.

Certes, elle allait épouser Levander pour de mauvaises raisons. Mais elle l'aimait assez pour lui donner la stabilité dont il rêvait pour leur enfant.

Et elle aimait assez leur bébé pour lui donner un foyer.

— Préférerais-tu qu'on se marie à Londres ? demanda Levander.

Katina fit la grimace.

— Je pense que ce serait mieux ici, répondit Millie, pensant à la pression qui pèserait sur ses parents et imaginant le cauchemar que ce serait pour sa mère d'essayer de faire la conversation à la famille de Levander.

— Dans ce cas, la cérémonie aura lieu à Melbourne et nous partirons ensuite en voyage de noces à Londres.

Même s'il lui avait laissé le choix, ce n'était pas la première fois que Millie avait l'impression qu'un Kolovsky lui forçait la main. Une fois encore, ils étaient plus forts qu'elle.

— Je ne comprends pas pourquoi tu tiens à ce que nous nous mariions aussi vite.

— Ce n'est pas si rapide que ça. En Russie, le mariage a lieu entre un et trois mois après l'annonce des fiançailles. En plus, tu es déjà enceinte de cinq mois. Alors autant en finir au plus vite, non ?

Il en parlait comme d'un rendez-vous chez le dentiste, songea Millie en le regardant.

— De toute façon, l'agenda des Kolovsky est plein pour les trois prochains mois, lui expliqua de nouveau Katina, avec un peu moins de patience cependant que les fois précédentes. Et puis, si nous attendons encore, vous allez avoir dû mal à rentrer dans la robe de mariée.

Encore une chose à laquelle Millie n'avait pas pensé.

— Au fait, vous avez des catalogues ? demanda-t-elle en haussant les épaules d'un air résigné. Pour que je puisse avoir une idée de ce que je veux…

— Une idée de ce que vous voulez ? répéta Katina en la dévisageant d'un air perplexe.

— Oui, pour ma robe.

— Millie, vous allez épouser Levander Kolovsky. Vous pensez vraiment que nous allons vous envoyer dans une boutique de mariés ? Nous nous occupons de votre robe. D'ailleurs, Nina va passer tout à l'heure pour faire les dernières retouches. Je crois que je n'ai rien oublié, ajouta-t-elle en parcourant ses notes, avant de se lever. Faites-moi savoir demain ce que vous désirez faire pour votre lune de miel…

— Les dernières retouches ? répéta Millie, à la seconde même où Katina eut franchi le seuil de la porte. Ça signifie qu'on a déjà choisi la robe pour moi ?

— Bien sûr, répondit Levander en la regardant comme si elle avait perdu l'esprit. Il doit y avoir une cinquantaine de robes dans notre boutique. Tu porteras la plus belle. Maintenant, si nous en avons fini, je dois retourner travailler…

Même si les préparatifs du mariage occupaient à présent toutes les journées de Millie et si elle passait ses nuits à rêver à Levander, il lui apparaissait au fil des jours de plus en plus évident que la tendresse qu'ils avaient partagée sur l'île ne reviendrait pas, comme si elle s'était évaporée pour toujours à la seconde où ils avaient posé le pied sur le continent.

Et elle sentait l'inquiétude grandir en elle.

Chaque fois qu'elle téléphonait à ses parents pour les tenir au courant de l'avancée des préparatifs, l'enthousiasme de sa mère contrastait si fortement avec la froideur de Nina que Millie était submergée par la nostalgie, et l'éloignement de sa famille lui pesait de plus en plus.

— Je me sens un peu pris de panique…

La veille de son mariage, Millie avait décidé de faire un saut à la galerie d'Anton, qui s'était mis à fredonner *La Marche nuptiale* quand elle s'était avancée vers lui.

— … et je veux que tu te montres sincère avec moi, continua-t-il. D'après toi, serait-ce commettre un impair que de porter du Kolovsky à un mariage Kolovsky ?

Millie ne put s'empêcher de rire.

— Tu me demandes à moi des conseils en matière de mode ?

— Je sais, dit-il en se tapotant les joues, mais je suis tellement excité. Oooh, merci, merci mille fois pour m'avoir demandé de te conduire à l'autel. Ça va être le plus beau jour de ma vie !

« Ça fera au moins une personne heureuse », songea Millie en éclatant en sanglots, sans doute pour la trentième fois de la journée.

— C'est les nerfs, lui dit Anton.

— Je le sais, dit-elle en reniflant.

Elle avait désespérément besoin de parler, de partager ses pensées avec quelqu'un, mais, après ce qui lui était arrivé avec Janey, elle ne pouvait pas se le permettre.

Pourtant, alors qu'elle était sur le point de prendre son sac à main et de retourner à l'hôtel, elle se ravisa.

— Je ne suis pas sûre d'y arriver, Anton.

— C'est les nerfs, ma chérie, insista-t-il en lui tendant un mouchoir. Tu sais que tu es la femme la plus jalousée d'Australie !

Sa tentative pour la faire sourire resta sans effet.

— Ma mère me manque !

— Oh, mon pauvre bébé…

Anton la conduisit au fond de la galerie. Là, il lui prépara une grande tasse de chocolat chaud avec des marshmallows, et Millie songea que c'était la chose la plus gentille que quelqu'un ait faite pour elle depuis son retour en Australie.

— Je sais que ça doit être dur de ne pas avoir ta famille auprès de toi, mais sache que tu peux compter sur moi. J'étais à l'aéroport le jour où tu es revenue…

Il sourit devant son air stupéfait.

— Tu me connais, je dors très peu. Quand je suis sorti pour aller chercher le journal et que j'ai vu ces horreurs étalées partout, je me suis dit que tu aurais besoin de soutien. Mais je n'ai pas réussi à t'approcher… Tu dois me faire confiance, Millie. Parle-moi…

— Je ne peux pas.

— Je comprends que tu aies peur de te confier, lui dit-il gentiment. Mais, crois-moi, je suis de ton côté. D'ailleurs, dès que j'aurai fermé la galerie, je courrai te rejoindre, et je ne te lâcherai plus d'une semelle d'ici le mariage…

Il fit une petite grimace.

— J'allais oublier… Il faudra juste que je fasse un saut chez le coiffeur demain à midi.

— Je suis sûre qu'ils auront prévu une armée de coiffeurs pour s'occuper de moi, répliqua Millie d'un ton ironique. Tu pourras profiter des services d'un des miens.

— Luigi ne me le pardonnerait jamais. Millie, une fois que le mariage aura été célébré, que les choses se seront calmées, ce sera plus facile pour toi…

— Je l'espère.

— La seule question à te poser est : « Est-ce que tu l'aimes ? »

— Bien sûr, répondit-elle sans hésiter.

— Alors tout va bien.

— Comment se porte ta mère ? demanda Levander en s'asseyant sur la chaise de la chambre, avant d'étouffer un bâillement.

— Elle est en larmes, reconnut Millie, debout dans sa robe de mariée, tandis que Nina et Sophia, la couturière, tiraient sans délicatesse sur le tissu.

Elle détestait la froideur de leurs gestes, détestait se sentir perturbée par une chose aussi ridicule que le fait que Levander la voie dans sa robe de mariée avant le grand jour.

— J'aimerais qu'elle soit ici.

— Tu la verras très bientôt.

— Je le sais, répondit-elle en regardant droit devant elle, rêvant d'être à demain après-midi pour que tout soit fini.

— Je dois partir..., l'informa Levander en jetant un coup d'œil à sa montre.

— Très bien.

— L'avion de Iosef ne va pas tarder à atterrir. J'aimerais être à l'aéroport pour l'accueillir. Nous sortons dîner avec mon père.

— Bien sûr.

— Parfait, dit Nina en se reculant pour admirer le travail de sa meilleure couturière.

Le fourreau de soie ivoire Kolovsky lui sculptait le corps, chaque retouche contribuant à la transformer en la parfaite épouse qu'elle se devait d'être.

— Sophia repassera demain pour d'éventuels ajustements de dernière minute. Mais, maintenant, plus question de manger quoi que ce soit jusqu'au mariage, ajouta Nina en fronçant les sourcils.

Puis elle tendit la main vers elle et, au grand déplaisir de Millie, la posa sur le léger renflement de son ventre.

— Si vous voulez perdre quelques grammes, je peux vous procurer de cette infusion qu'utilisent les mannequins.

Millie ne prit même pas la peine de répondre. Au lieu de cela, elle enleva la robe et attendit sans rien dire que Nina sorte de la chambre. Celle-ci finit par le faire, l'air indigné par son silence et portant la robe avec autant de précautions que le Saint Graal.

— Ignore-la, lui conseilla Levander.

— Oh, je t'assure que c'est ce que j'essaie de faire.

— Je sais que ta famille te manque. Mais ce n'est pas comme si…

Il ne termina pas sa phrase, mais Millie le fit pour lui.

— Ce n'est pas comme si c'était un vrai mariage.

— Comment ça ? Bien sûr que c'est un vrai mariage !

— Tu sais bien que non. Je devrais avoir l'impression de vivre un rêve éveillé : une magnifique cérémonie, des invités prestigieux, une somptueuse robe de créateur, un bébé en route, l'homme que j…

Elle s'interrompit à temps, regrettant amèrement de ne pas être libre de lui dire qu'elle l'aimait.

— C'est vrai ce qu'on dit, reprit-elle. Que le mariage est une prison dorée.

Le visage de Levander s'assombrit brutalement.

— C'est ce que tu ressens ? demanda-t-il d'une voix blanche. Tu as l'impression d'être prise au piège ?

Millie hocha la tête. Parce qu'elle se sentait prisonnière de ses sentiments. Si elle n'avait pas aimé Levander, si elle ne l'avait pas désiré de tout son être, elle serait déjà partie depuis longtemps.

Elle se serait débrouillée sans lui.

— Levander ! l'interpella soudain Nina en entrant dans la chambre sans même frapper. Il est l'heure de partir à l'aéroport. Et puis, Millie doit se reposer pour être en forme demain.

Avant de s'en aller, et pour une fois sans le vouloir, Nina lui décocha une flèche assassine :

— Profitez bien de votre dernière nuit de liberté, Millie !

12.

Même s'il ne faisait pas partie de la famille, Anton se montra aux petits soins avec Millie le jour du mariage, s'occupant d'elle comme l'aurait fait sa propre mère et supervisant avec vigilance le travail du coiffeur, de la manucure, de la couturière et des maquilleuses…

Les maquilleuses !

Millie en avait deux à sa disposition, l'une pour son visage et l'autre pour son décolleté, chargée d'unifier le bronzage de sa peau et de mettre en valeur sa poitrine généreuse.

Pendant que tout le monde s'affairait autour d'elle, Annika, sa superbe demoiselle d'honneur et future demi-belle-sœur, lui tenait compagnie. A présent que Millie était sur le point de devenir une Kolovsky, la jeune femme s'était un peu ouverte et bavardait avec elle sous le regard désapprobateur d'Anton, qui craignait qu'elle ne retarde les préparatifs.

Finalement, quand son ami eut réussi à congédier tout le monde et qu'il ne resta plus qu'eux trois dans la pièce, il regarda Millie avec un sourire rayonnant.

— Tu es ravissante.

— Merci.

— Je cours chez Luigi pour qu'il arrange un peu ma coupe. Et toi, chérie…

— Je sais, répondit Millie en tressaillant. Mais je devrais peut-être attendre que le mariage ait été célébré pour les appeler…

— Non. Tes parents doivent avoir envie de te parler. Je compte sur toi pour t'occuper de Millie, Annika ! lança-t-il en se sauvant. Je n'en ai pas pour très longtemps.

— Si tu veux attendre pour leur téléphoner, rien ne t'en empêche, lui dit Annika d'un ton compatissant, une fois qu'elles furent seules. Ton mascara risque de dégouliner.

Aussitôt, Millie sentit ses yeux si joliment maquillés s'emplir de larmes, et elle cligna des paupières pour tenter de les refouler. Fixant son reflet dans le miroir, elle essaya pour la centième fois de la matinée de se convaincre que tout allait bien se passer.

Elle allait épouser l'homme qu'elle aimait.

Le père de son enfant.

Vêtue de la plus somptueuse des robes de mariée, dans une église pleine à craquer et devant un parterre d'invités impatients de partager avec elle ce moment unique.

Alors pourquoi avait-elle l'impression de monter sur l'échafaud ?

Ce devait être le mal du pays. Si seulement sa famille pouvait être là… ! Non, ce n'était pas ça, se ravisa-t-elle. Parce que même si ses parents et son frère lui manquaient, ce n'était pas d'eux dont elle avait besoin aujourd'hui…

Mais de Levander…

Ou plutôt, de son amour.

Tout en tripotant machinalement sa bague ornée d'un superbe diamant, Millie se remémora la nuit magique où elle avait fait l'amour avec Levander. Mais, au bout du compte, songea-t-elle tristement, c'était uniquement pour le bébé qu'ils allaient se marier.

Et était-ce suffisant ?

— Ta famille doit être très fière, dit Annika, alors que Millie s'efforçait de garder dans son estomac le verre d'eau qu'elle venait de boire — la seule chose qu'elle avait réussi à avaler ce matin. Crois-le ou non, mais mon père est fier lui aussi.

— Pourquoi ne serait-il pas fier de Levander ? demanda-t-elle en fronçant les sourcils.

— Bien sûr qu'il est fier de lui. Je parlais de… enfin, de vous deux…, dit Annika en rougissant légèrement. Tu n'es peut-être pas celle que nous aurions choisie au départ, mais, finalement, tout s'est bien passé. Papa a vu son souhait se réaliser.

— De quel souhait parles-tu ?

— C'est devenu officiel hier soir, répondit Annika, qui devenait un vrai moulin à paroles quand elle n'était pas en présence de sa mère. Mon père avait toujours dit que l'empire Kolovsky irait au premier de ses enfants qui lui donnerait un petit-fils ou une petite-fille. Et nous savions tous qu'il voulait que ce soit Levander, celui d'entre nous qui a le plus fait pour l'entreprise. Le soir où vous vous êtes rencontrés, quand j'ai imploré mon frère d'exaucer le souhait de notre père, il a catégoriquement refusé… Mais qui sait comment son esprit fonctionne ?

Pas elle, en tout cas, songea Millie en posant les mains sur son ventre, se demandant si la petite vie qu'il abritait était vraiment le fruit du hasard, ou si Levander n'avait pas décidé de se venger de son père en lui réclamant ce qu'il estimait être son dû.

— Peut-être papa aura-t-il même la chance de connaître son petit-fils ou sa petite-fille…, ajouta Annika en baissant les yeux sur son ventre rond, un grand sourire aux lèvres. Espérons pour papa que ce soit un garçon. Tu devrais passer une échographie.

— J'en ai déjà fait une…, répliqua Millie, tout en luttant pour se retenir de lui donner une gifle.

— Oui, mais ce serait bien que tu sois fixée… Attends une seconde…, poursuivit Annika en lui tournant le dos pour répondre à un appel sur son portable.

Soudain, la décision la plus dure, la plus terrifiante de sa vie sembla à Millie très facile à prendre.

Elle aurait pu accepter d'épouser Levander pour le bébé — de l'épouser par devoir. Mais l'idée qu'il ait tout orchestré dans le but de faire plaisir à son père ou, pire encore, d'hériter des magasins Kolovsky la remplissait d'horreur.

— J'en ai pour un instant..., dit Annika en la regardant avec un sourire inquiet, avant de partir s'isoler dans la chambre avec le portable.

Millie l'entendit hurler dans le téléphone, mais ne prêta pas attention à ce qu'elle disait. Au lieu de cela, elle retira son voile, enleva cette robe de mariée qui lui répugnait tant à présent, enfila ses vêtements et prit son porte-monnaie.

Comme l'avait dit Levander, ce lieu n'était pas une prison... Tout ce qu'elle avait à faire était de quitter la suite, d'appeler l'ascenseur et de traverser le hall de l'hôtel. Les photographes étaient à l'affût d'une mariée rougissante tout de blanc vêtue, pas d'une femme au visage livide, en jean et baskets.

Tout se passa comme elle l'avait prévu. Une fois sortie de l'hôtel, elle marcha sans se retourner dans la rue bordée d'arbres, s'exhortant à garder son calme. Puis, quand elle eut rejoint la route principale, elle monta dans le premier tramway qui passait.

— C'est le terminus, ma jolie.

Millie n'avait même pas remarqué que le tramway s'était arrêté, l'esprit perdu dans le tourbillon de ses pensées, essayant en vain d'imaginer la réaction de Levander lorsqu'il se rendrait compte qu'elle n'arrivait pas, l'affolement d'Anton, le choc pour les invités, les gros titres des journaux, la réaction de ses parents...

Pourquoi ne pas se contenter de faire ce qu'on attendait d'elle ? s'adjura-t-elle en descendant du tramway et en se tenant, tremblante, sur le trottoir.

Le soleil éclatant d'hiver, si prometteur ce matin, était voilé, et un vent mordant soufflait dans la baie, ridant la surface de la mer de Tasman.

Saint-Kilda.

Son premier rendez-vous avec Levander.

Tandis qu'elle entrait dans le café où ils avaient passé une partie de la nuit à discuter, Millie reconnut à peine les lieux. Il y avait là énormément de gens à l'air heureux : des enfants qui plongeaient avec un grand sourire leurs cuillères dans des coupes de crème glacée et de jeunes couples qui feuilletaient le journal ou regardaient passer les gens dans la rue, sans doute ignorants de l'ambiance infiniment plus glauque qui régnait à la nuit tombée.

Après s'être installée dans un box situé dans un coin de la salle, Millie but le café allongé qu'elle avait commandé, serrant la tasse entre ses mains pour essayer de se réchauffer et se demandant quand elle trouverait le courage de retourner affronter les Kolovsky.

Car elle n'avait pas le choix. Son passeport, ses vêtements étaient restés là-bas…

Oh, Seigneur, qu'avait-elle fait ! Si au moins elle avait réussi à lui parler ! Mais comment — comment l'aurait-elle pu… ?

Comment aurait-elle pu lui dire qu'elle ne reconnaissait pas, dans cet homme soumis à la volonté de son père, le Levander dont elle était tombée amoureuse ?

— Je suis désolé, retentit brusquement une voix riche et profonde, interrompant le flot de ses pensées.

Millie tourna vivement la tête.

— Je peux m'asseoir ?

Incapable de parler, elle se contenta de hocher la tête, se préparant à subir les foudres de Levander. Mais, à sa grande surprise, il se saisit de ses mains et les tint délicatement entre les siennes, tout en prenant une profonde inspiration.

— Je suis désolé. Tout est ma faute. Je veux que tu saches que je veillerai à ce que la presse le sache.

— Désolé ? répéta Millie en fixant leurs doigts emmêlés d'un air interloqué, cherchant vainement à comprendre ce qu'il lui disait. C'est juste que… je n'ai pas pu. Je ne pouvais pas t'épouser sachant que…

— Pardon ?

Au prix d'un immense effort, Millie réussit à le regarder dans les yeux et vit qu'il était aussi perdu qu'elle.

— Je n'avais pas prévu de m'enfuir. Ce n'était pas dans mes intentions. Mais j'ai…

— Tu veux dire que tu m'as quitté ?

Les mots de Levander la firent tressaillir. Mais pourquoi avait-il ce ton interrogateur ? Et pourquoi un petit sourire flottait-il sur ses lèvres ?

— Que toi, tu m'as quitté ? répéta-t-il.

— Pourquoi crois-tu que je sois assise ici, alors que nous devrions être en train de sortir bras dessus bras dessous de l'église ?

— Parce que, moi, je t'ai laissée tomber. Parce que, environ une demi-heure avant le début de la cérémonie, j'ai téléphoné à Annika pour lui dire que je ne pouvais pas… que je ne pouvais pas te forcer à devenir ma femme…

— Quoi ? s'exclama-t-elle, abasourdie. Tu veux dire que tu m'as presque abandonnée au pied de l'autel ?

— Apparemment, tu ne serais jamais arrivée jusque-là…

Maintenant, elle comprenait pourquoi Levander avait eu cet étrange sourire quand elle avait commencé à lui expliquer les raisons de sa fuite. L'humiliation qu'elle croyait lui avoir infligée n'avait jamais eu lieu. Avec un petit gloussement nerveux, elle revit Annika sortir comme un éclair du salon, hurlant dans le téléphone.

— … et j'aimerais savoir pourquoi, continua-t-il. Qu'est-ce qui t'a fait penser que notre enfant et toi seriez mieux sans moi ?

— Ce n'est pas ça, gémit-elle. Je ne veux pas… Annika m'a parlé de ton père. Elle m'a dit qu'elle t'avait imploré de te marier et d'avoir un enfant, le soir où nous nous sommes rencontrés.

— Ma famille tout entière me supplie depuis des années de faire un enfant, répliqua Levander en haussant les épaules. Pourquoi cela te choque-t-il autant ? Tu nous as certainement entendus en discuter ce soir-là…

— Non ! protesta-t-elle. Je n'ai jamais entendu ça !

— Millie, j'ai de plus en plus de mal à supporter de travailler dans son entreprise. Tu crois vraiment que j'accepterais d'hypothéquer mon avenir pour lui ?

— Je ne sais pas.

Elle pleurait à chaudes larmes maintenant, comme elle n'avait cessé de le faire depuis le jour où elle avait quitté les bras de Levander pour retourner en Angleterre, après qu'il eut enflammé ses sens et paré son univers de mille couleurs, rendant chacune de ses pensées, chacun de ses sentiments plus intenses.

— Tu sais, hier soir j'ai parlé avec mon père. Il m'a offert…

— Je suis au courant, l'interrompit Millie en tressaillant. Je sais que le premier de ses enfants à lui donner un héritier remportera le pactole.

— J'ai refusé. Comment pourrais-je être seul à hériter alors que j'ai deux demi-frères et une demi-sœur ? Mais j'ai tout de même accepté de continuer à travailler pour lui, à la seule condition que je puisse le faire depuis Londres.

— Depuis Londres ? répéta Millie en clignant des yeux. Tu étais prêt à déménager à Londres ?

— Je le suis toujours, précisa-t-il, comme si c'était une évidence. J'espérais qu'on pourrait former une vraie famille, et, même si j'accepte désormais l'idée que ça n'arrivera pas, je continue à vouloir être le meilleur père possible pour notre enfant — ce qui ne peut se faire à distance. Mais j'ai compris que tu ne m'empêcherais jamais de voir notre bébé. Tu as toute ma confiance, Millie.

Elle le regarda, stupéfaite. Venant d'un homme qui avait traversé tant d'épreuves, cet aveu était encore plus touchant qu'une déclaration d'amour. Non pas que cela lui soit d'un grand secours à l'heure où l'homme de ses rêves lui expliquait pourquoi il n'avait pu se résoudre à l'épouser. Mais plus tard, peut-être…

— A mon réveil ce matin, j'ai pris conscience que je n'avais pas besoin de te forcer à m'épouser pour que tu me laisses faire partie de la vie de notre enfant.

— Tu en fais déjà partie, dit Millie d'une voix tremblante. Marié avec moi ou non, tu es le père de ce bébé. Pour toujours.

— Je le sais à présent. Je sais que pour rien au monde tu ne me priverais de mon enfant. Pas comme…

Il s'interrompit brutalement. Et même si Millie suffoquait déjà sous les poids de ses propres émotions, quelque chose dans sa voix la bouleversa.

— Levander… Tu sais, à l'époque, les gens ne prenaient guère l'avion. Ils devaient penser que tu étais en sécurité, que…

Mais les mots moururent sur ses lèvres. Car, au-delà de la beauté et du regard si troublant de Levander, elle vit soudain au fond de son âme une souffrance atroce. Elle ferma les paupières, incapable de la supporter.

— Ton père savait, n'est-ce pas ?

— Non, répondit-il en retirant la main de la sienne, avant qu'elle ne s'en empare de nouveau, la serrant fermement.

— Mais elle, si…, murmura-t-elle. Nina était au courant, pas vrai ?

— Inutile d'aller creuser de ce côté-là. Elle n'en vaut pas la peine.

— Et ta peine à toi, elle ne compte pas ? s'emporta Millie.

— Si ma famille découvrait ce qu'elle a fait… Annika,

Iosef…, dit-il en prenant une petite inspiration. Il ne faut pas qu'ils l'apprennent. Ça les tuerait.

— Mais moi, ça ne me tuera pas, répliqua-t-elle, étonnée par l'assurance dans sa voix. Tu as dit que tu me faisais confiance. Alors, raconte-moi ce qui s'est passé.

Levander déglutit si péniblement qu'elle eut l'impression qu'il étouffait.

— Ce que je t'ai dit… tout est vrai, excepté…

Les yeux de Levander s'accrochèrent aux siens, tandis qu'il lui disait enfin la vérité. Toute la vérité, cette fois. Celle d'un petit garçon qui en avait beaucoup trop vu.

— La veille de mon départ pour la garderie, ma mère et moi sommes allés chez mon père. C'est Nina qui a ouvert la porte. Je m'en souviens très bien, et je me rappelle aussi que mon père n'était pas à la maison. Ma mère a expliqué à Nina combien elle était malade et que sa famille ne pourrait pas m'élever quand elle ne serait plus de ce monde. C'était la première fois que je prenais conscience qu'elle était en train de mourir. Elle n'arrêtait pas de tousser…

Il hésita un moment et Millie serra sa main plus fort.

— Je me rappelle les avoir entendues se disputer. Ma mère pleurait si fort qu'elle avait du mal à respirer. Mais Nina s'en moquait. Elle nous a jetés dehors comme des malpropres.

Certaines douleurs étaient trop grandes pour les larmes. Millie voulait hurler sa colère contre un monde qui s'était montré si cruel, et la rage bouillait si fort en elle qu'elle faillit bondir de son siège pour aller chercher Nina, tout raconter à Ivan…

— Est-ce qu'elle est au courant… ? demanda-t-elle, essayant de contenir sa haine. Elle sait que tu t'en souviens ?

— Le jour où j'ai découvert que tu étais enceinte, je lui en ai parlé. Maintenant, elle vit dans la terreur que je révèle tout, ajouta-t-il avec un sourire sans joie, son anglais de plus en plus hésitant à mesure qu'il luttait contre lui-même pour se confier à elle. Quand ma mère m'a amené à la *dom rebyonka*, elle m'a dit que je n'y resterais pas longtemps — que je devais être bien sage et attendre que mon père vienne me chercher. Je ne sais pas si elle est retournée lui parler. Je ne tiens d'ailleurs pas à le savoir. Mais je me postais chaque soir devant la fenêtre en espérant le voir venir. Puis j'ai grandi et mes rêves ont changé : j'ai eu envie d'avoir de l'argent, de rencontrer de belles femmes. Chacun de mes souhaits s'est réalisé. Comparé aux pauvres diables qui sont restés là-bas, je n'ai vraiment pas à me plaindre.

— Oh, mais si…

Alors, Millie comprit — autant que le pouvait quelqu'un qui n'avait pas vécu la vie de Levander. Depuis qu'elle avait découvert qu'elle était enceinte, elle n'avait cessé de se demander si elle réussirait à être une bonne mère, à donner à son bébé une enfance heureuse et protégée, comme l'avaient fait ses parents pour elle. Mais Levander, lui, n'avait aucun souvenir heureux, pas la moindre fondation sur laquelle bâtir. Il avait connu tardivement sa famille, et son arrivée en Australie avait déchiré les siens, causant de la colère chez ses demi-frères, de la culpabilité chez son père et de la peur chez sa belle-mère.

— Je voulais que nous soyons mariés pour avoir plus de droits. Je savais que si les tribunaux devaient choisir entre toi et moi, si jamais mon passé ressortait…

— Il n'y aura pas de tribunaux, murmura Millie. Et, de toute façon, aucun tribunal n'oserait se servir de ton passé contre toi. Tu n'es pas responsable de ce qui t'est arrivé, Levander.

— J'en suis conscient à présent.

Les yeux inondés de larmes, Millie s'efforça de trouver le courage de dire à l'homme qui l'avait abandonnée que, quelle que soit la manière dont les autres l'avaient traité au cours de sa vie, elle l'aimait pour ce qu'il était.

— Cette nuit-là, commença-t-elle, j'ai fait la chose la plus imprudente et la plus risquée de ma vie. Mais ce n'était pas un accident. Je ne me suis pas retrouvée au lit avec toi à cause de ton physique, de ton argent ou…

Les larmes se mirent à couler sur ses joues.

— Enfin, peut-être que ton apparence a joué un rôle, admit-elle. Mais ce qui m'a fait rester, c'était toi, Levander. Même si j'étais éblouie, j'ai vu qui tu étais vraiment. Ça ne t'est jamais venu à l'esprit que je t'aimais ?

Mais comment aurait-il pu ? se dit Millie en le voyant plisser le front. Après ce qu'il avait vécu, comment aurait-il pu croire en une chose aussi simple et compliquée que l'amour ?

— La seule raison pour laquelle je n'ai pas voulu me marier avec toi, poursuivit Millie, c'était que je savais que tu ne m'aimerais jamais.

— Tu m'aimes ? s'écria-t-il. Es-tu en train de me dire que tu m'as toujours aimé ?

— J'en ai bien peur.

— Comment… ? Comment as-tu pu tomber amoureuse de moi ? J'ai été si horrible…

— Je t'aimais, c'est tout…, sanglota Millie. Et ça n'a pas changé.

— Dis-moi ce que ça fait d'aimer…

— Affreusement mal.

De nouveau, les larmes se mirent à ruisseler sur ses joues, et Millie cacha son visage derrière ses mains, priant pour que Levander cesse de la torturer.

— C'est aussi parfois agréable ?

— Très souvent.

— Et quand tu aimes quelqu'un, tu penses sans cesse à lui ?

— Tout le temps.

— Tellement qu'il t'arrive de croire que tu vas perdre la raison ?

— Oui, dit-elle d'un ton grave.

— L'amour pourrait-il te faire craindre d'être trop amer, trop cynique ? De contaminer l'autre ?

Millie jeta un coup d'œil furtif entre ses doigts et, tandis que Levander poursuivait, elle eut l'impression que le monde s'arrêtait de tourner.

— L'amour te pousse-t-il à ne vouloir que ce qu'il y a de mieux pour l'être aimé ?

— Toujours, répondit-elle à voix basse.

Tout en continuant à lui parler doucement, Levander lui enleva les mains du visage et les tint entre les siennes.

— Cet amour pourrait-il te faire dépenser une somme folle pour un tableau parce que tu sens que tu dois absolument l'avoir. Que tu dois avoir quelque chose de… ?

— De tangible ? suggéra Millie.

Seulement, Levander ne comprenait pas ce mot.

— Quelque chose que tu peux voir et toucher ? expliqua-t-elle.

— De tangible, répéta-t-il en hochant la tête. Si tu aimes quelqu'un et que tu désires passer chaque minute de ta vie avec cette personne, mais si tu penses que tu ne pourras pas la rendre heureuse, l'amour pourrait-il te pousser à la laisser partir ? Quand elle se tient devant toi, magnifique dans sa robe de mariée, mais les yeux pleins de tristesse…

Submergée par l'émotion, Millie sentit sa gorge se serrer.

— Es-tu en train de me dire que tu m'aimes ? murmura-t-elle.

— Laisse-moi y réfléchir un moment.

Venant de n'importe qui d'autre que Levander, la pause qui suivit aurait été insultante. Mais, de sa part à lui, ce n'était rien de tout ça — juste une attente délicieuse, merveilleuse, pendant qu'il s'efforçait de faire le tri dans ses pensées, d'intégrer des sentiments nouveaux pour lui.

— Je t'aime, répondit-il d'un ton assuré.

C'étaient les mots que Millie avait eu si désespérément envie d'entendre, mais ils la touchèrent avec une force qu'elle n'avait pas imaginée.

— Je t’aime, répéta-t-il, avec dans la voix un étonnement qui rendait ses mots plus précieux encore.

— Que faisons-nous assis ici, alors ? demanda-t-elle, son sourire mêlé de larmes. Pourquoi ne pas retourner… ?

Elle avait été sur le point de dire « à la maison », mais la suite de Levander n’avait rien d’une maison. Pour elle comme pour lui.

Sentant son hésitation, Levander continua à sa place :

— Il y a une église et un prêtre qui nous attendent.

— Mais tous les invités seront partis !

— Parfait !

— Je suis en jean…, insista-t-elle avec un rire interloqué.

— Encore mieux.

Se penchant vers elle, il l’embrassa. Un tout petit baiser, chaste, tendre et si plein d’amour que ses derniers doutes s’évanouirent.

Il l’aimait. Rien d’autre ne comptait.

— Je vais téléphoner au prêtre… Cinquante appels en absence, dit-il en allumant son téléphone. Tu imagines la tête de Nina ?

La sonnerie retentit brusquement, le faisant sursauter.

— C’est Iosef. Je ne prends pas la communication. Il comprendra…

— Nous avons besoin d’un témoin, lui rappela-t-elle doucement. Et même de deux. Pourquoi ne pas demander à tes frères ?

— Mes demi-…, commença-t-il à la corriger.

Mais il ne termina pas sa phrase. L’amour se répandait en lui à présent, irradiant sa lumière dans tous les coins sombres de son âme.

Le sourire aux lèvres, Millie le regarda prendre l’appel, plaisanter avec son frère, partager avec lui son premier secret, mettre sur pied un plan pour qu’Aleksi et lui quittent discrètement le lieu du drame — la maison des Kolovsky —pour venir les chercher et les emmener à l'église.

— Alors, qu'a-t-il dit ?

— Qu'il serait fier d'être mon témoin. Et j'espère que ça ne te dérange pas, mais un autre de nos invités est avec eux...

Il rit en voyant son visage pâlir.

— C'est Anton. Il est tout affolé. Ils partent à l'instant.

Se levant, Levander lui prit la main et l'entraîna dehors, vers sa nouvelle vie.

Épilogue

— Je commence à comprendre pourquoi elle a fait ça.

Allongé à côté de Millie sur la pelouse de leur vaste propriété de la banlieue de Londres, la main délicatement posée sur son ventre, Levander profitait de la douce chaleur de cette belle soirée pour se détendre en bavardant avec elle, tandis que leur bébé s'amusait à donner des coups de pied dans la couverture posée entre eux deux.

Sasha Levander Kolovsky.

Millie avait adoré passer en revue les prénoms russes, mais ce n'était que quelques jours avant la naissance que son choix s'était porté sur Sasha.

— Je crois que ça veut dire « récompense », lui avait expliqué Levander. A moins que ce ne soit « Dieu se souvient… ».

Les deux significations lui avaient plu, et maintenant Sasha était là avec eux, en tout point semblable à son père.

Et au père de son père.

Parfois, Millie se sentait coupable d'être à l'autre bout du monde alors que ce dernier était très malade. Et, dans ces moments-là, elle se disait que si Levander et elle étaient restés à Melbourne, ils auraient peut-être réussi à combler le fossé qui le séparait de sa famille.

Mais, d'une certaine façon, c'était en partie chose faite car Sasha avait offert à Levander le cadeau le plus inattendu qui soit : le pardon.

— Nina a dû penser qu'elle n'avait pas le choix…

Il lui arrivait d'en parler. De temps à autre, il lui confiait un peu de l'enfance qui lui avait été volée, et le cœur de Millie saignait pour ce qu'il avait vu et pour ce qui n'avait pas été.

— Elle a probablement pensé à ses futurs enfants. Si elle en avait parlé à mon père, il aurait sans doute insisté pour que je les accompagne en Australie et, du coup, il n'aurait peut-être pas voulu avoir d'autre bébé, dit-il en regardant Sasha. Je crois comprendre maintenant.

— Et pour ce qui est de ton père ? demanda Millie en déglutissant péniblement, souhaitant arriver elle aussi à trouver la force de leur pardonner.

— Quand j'ai rejeté son offre, il m'a dit que j'étais comme ma mère, trop têtu pour savoir ce qui était bien pour moi, répondit-il avec un sourire. Je suppose qu'il la croyait plus solide qu'elle ne l'était vraiment et il avait dû se persuader qu'on s'en sortirait sans lui… Comment aurait-il pu savoir que je me trouvais dans un orphelinat à attendre qu'il vienne me chercher ? Je me rappelle un couple qui passait de temps à autre, vêtu de beaux vêtements et sentant bon le parfum. Ils apportaient du chocolat et des cadeaux, mais ne m'en donnaient jamais car ces présents étaient destinés à l'enfant qu'ils avaient choisi de ramener chez eux. Et moi, personne ne me choisissait. Je suppose que je n'étais déjà plus assez jeune et que j'avais l'air trop triste. Pourtant, d'une certaine façon, mon vœu a fini par se réaliser puisque je t'ai trouvée.

Quand il se pencha pour l'embrasser, Millie ne put retenir ses larmes en pensant aux longues années que Levander avait passées à attendre que quelqu'un l'emmène loin de l'orphelinat, mais aussi à tous les enfants comme lui trop en colère, trop effrayés pour être aimés.

— Si tu veux, on pourra retourner…

— Peut-être, l'interrompit-il en hochant la tête. Pendant les vacances, pourquoi pas. J'aimerais que mon père voie son petit-fils.

— Je ne parlais pas de l'Australie, précisa Millie avec un doux sourire.

Elle le vit se figer et, pendant un instant, elle crut qu'il avait cessé de respirer.

— Je ne veux plus retourner là-bas ! s'écria-t-il. Plus jamais.

Malgré tout, Millie eut l'impression que l'idée lui avait déjà traversé l'esprit.

A elle aussi, du reste.

Parce que, en le regardant tenir son fils — chérir la petite vie qu'ils avaient créée —, elle avait plus d'une fois vu son visage s'assombrir, et elle avait senti qu'il se remémorait le passé et pensait à ceux qui n'avaient pas la chance de Sasha.

— Très bien, dit Millie en hochant la tête. Mais si un jour, tu changes d'avis… si tu veux en discuter…

— Ce n'est pas comme de choisir un animal de compagnie… Tu ne sais pas à quel point ces enfants sont abîmés. Ils ne sont pas faciles à vivre, pas faciles à aimer…

— Je le sais. Mon frère non plus n'est pas facile à vivre ! En revanche, il est très facile à aimer, et jamais je ne pourrais le laisser tomber.

— Non, tu ne le ferais jamais, dit-il en la regardant droit dans les yeux.

Et il sut alors qu'elle le comprenait, et qu'elle était pleinement consciente de la tâche qui les attendait. Quoi qu'il arrive, elle serait à son côté. Pour toujours.

— Tu crois que ce serait possible ? demanda-t-il.

— Un jour, répondit-elle doucement. Quand nous serons prêts. Quand tu seras prêt…

Si l'amour ignorait les frontières, il voyageait sans doute en ce moment. Car une partie de leur cœur volait vers cet enfant en colère qui les attendait. Et, bientôt, le souhait le plus cher de ce petit être se verrait exaucé…

LA PROMESSE IMPOSSIBLE, Maggie Cox • *N°2866*

Freya sait que Nash Taylor-Grant, spécialiste des médias et des relations publiques, est sa dernière chance. Grâce à lui, peut-être pourra-t-elle bientôt remonter sur scène et renouer avec le succès ? Pourtant, Freya sait aussi que Nash représente un danger pour elle. En effet, alors qu'elle s'est juré de ne plus jamais accorder sa confiance à un homme, elle se sent incapable de résister à son charme…

PASSION À SANTIAGO, Jacqueline Baird • *N°2867*

En se rendant à Santiago à la mort de son père, un homme qui ne s'est jamais soucié d'elle, Julia n'a qu'un espoir : régler au plus vite son héritage pour payer les soins médicaux dont sa mère a besoin. Mais sur place, elle apprend que pour hériter, elle va devoir épouser Randolfo Carducci, l'exécuteur testamentaire de son père, et rester au Chili avec lui…

L'ENFANT DU CHEIKH, Susan Stephens • *N°2868*

Lucy est folle de joie à l'idée de restaurer le palais du souverain d'Abadan. Mais son bonheur est de courte durée lorsqu'elle découvre que le cheikh n'est autre que l'inconnu avec lequel elle a passé une nuit d'amour passionnée, deux ans plus tôt… La surprise passée, la panique la gagne. Comment cacher à Khalil qu'elle a eu un fils de lui, un petit garçon avec lequel elle séjourne à Abadan ?

COMME UN SORTILÈGE, Kim Lawrence • *N°2869*

Révoltée par la façon dont Alex Carides a trahi sa sœur, enceinte de lui, Becca s'est juré de faire capoter le mariage que ce bellâtre doit conclure avec une riche héritière. Mais alors qu'elle s'avance vers l'autel pour s'opposer à cette union, elle sent une main se poser sur son bras. Comme électrisée, Becca se retourne. Devant elle se tient le plus bel homme qu'elle ait jamais vu. Un homme qui n'est autre que le cousin d'Alex. Un Carides. Et donc un ennemi…

AMOUREUSE D'UN CÉLIBATAIRE, Carole Mortimer • *N°2870*
- SAGA DES GAMBRELLI -

Pour venger sa meilleure amie abandonnée par Luc Gambrelli, le richissime producteur de cinéma, Darci décide de séduire celui-ci avant de l'humilier en le rejetant. Mais son plan se retourne bientôt contre elle... Car Luc est un homme infiniment séduisant, plein d'humour et de charme, bien loin de l'image qu'elle se faisait de lui...

Attention, numérotation des livres pour
le Canada différente : numéros 1493 à 1498

www.harlequin.fr

A paraître le 1er mars

Best-Sellers n°366 • roman

Blonde Geisha - Jina Bacarr

Selon les préceptes japonais les plus anciens, la sexualité et les fantasmes érotiques doivent rester des secrets bien gardés. Pourtant, à quinze ans à peine, la jeune Américaine Kathlene Mallory va entrer dans le monde sensuel des geishas quand son père, afin de la protéger de la menace qui pèse sur elle, la place dans une maison de thé. Commence pour elle une savante initiation à l'art de donner du plaisir aux hommes, qui la conduira à l'ultime rituel des apprenties geishas : la vente de sa virginité. Mais celui qui réclame le droit de payer pour un tel honneur, le cruel baron Tonda, n'est pas l'homme pour lequel la jeune fille brûle d'un désir secret. Pire, il est celui qui ruinera la maison de thé, et mettra la vie de Kathlene en danger, s'il n'obtient pas ce qu'il désire…

Best-Sellers n°367 • thriller

Disparue - Chris Jordan

Maman, j'ai besoin de toi. S'il te plaît, il faut que tu…

Brusquement, la communication est coupée. Pour Jane Hartley, mère célibataire à Long Island, le cauchemar commence : sa fille a disparu. Pourtant la police, qui retient la thèse de la fugue, refuse de lui apporter son aide. Désemparée et morte d'angoisse, Jane se tourne vers Randall Shane, un enquêteur privé spécialisé dans les disparitions d'enfants, pour retrouver sa fille. Car le temps presse, et le ravisseur, implacable, ne reculera devant rien pour voir ses exigences satisfaites…

Best-Sellers n°368 • thriller

Dors petit ange - Gwen Hunter

En Caroline du Sud, plusieurs fillettes ont disparu. Elles ont toutes été retrouvées enterrées, le corps positionné avec soin, comme si elles dormaient paisiblement…

Quelques mois plus tard, Ashlee Davenport, infirmière légiste, découvre un cadavre de fillette enseveli dans sa propriété de Chadwick Farms. Bouleversée, elle est prête à tout pour mettre un terme à cette folie meurtrière. Même à mettre sa propre vie en danger. Et sa détermination a éveillé l'intérêt de l'assassin…

Best-Sellers n°369 • thriller

Et la mort nous séparera - Gayle Wilson

Sur les marches du tribunal d'où l'assassin de son petit garçon sort en homme libre, Sarah Patterson s'apprête à tirer. Au moment où le regard de la jeune femme croise celui du serial killer, un policier l'empêche d'appuyer sur la détente. La rage au ventre, Sarah se jure d'exécuter sa vengeance, quoi qu'il lui en coûte. Même si le tueur, fasciné par cette femme prête à tout pour venger son enfant, rôde autour d'elle…

Best-Sellers n°370 • roman

La maison bleue - Sherryl Woods

Cadre dans les relations publiques, à New York, Hannah Matthews est une battante vers laquelle on se tourne en cas de crise. Et, bien qu'étrangère à toute idée de superstition, elle commence à s'interroger : n'y a-t-il pas un fond de vérité dans le vieil adage qui dit « Jamais deux sans trois » ? Car après avoir remporté une victoire contre la maladie, voilà qu'elle apprend que Jenny, sa mère âgée de 85 ans, refuse de vendre La maison bleue – vieille auberge délabrée sur une île de Floride, et que sa fille, Kelsey étudiante et âgée de 20 ans, est enceinte. Contrainte de se rendre de toute urgence en Floride, Hannah va reprendre – provisoirement —, la direction de La maison bleue. Et tenter d'aider sa fille… Mais elle ignore que Luke Stevens, l'homme dont elle était jadis amoureuse, est revenu lui aussi sur l'île pour réfléchir à son avenir…

Best-Sellers n°371 • historique

Le seigneur de Lochraven - Shannon Drake

Ecosse et Angleterre, 1561

Lady Gwenyth MacLeod, dame de compagnie favorite de la reine d'Ecosse Mary Stuart, est chargée par cette dernière d'une délicate mission : se rendre au palais de la reine Elisabeth d'Angleterre et convaincre la souveraine de ratifier son testament afin que Mary hérite de la couronne anglaise. Pour l'aider à mener à bien les négociations, Gwenyth se voit imposer la présence d'un chevalier proche de Mary : lord Rowan Graham, seigneur de Lochraven, un homme aussi mystérieux et indomptable que les Highlands sauvages dont il est natif. Un homme marié dont, d'emblée, la rude séduction envoûte et menace Gwenyth…

Best-Sellers n°372 • suspense

Le sang du silence - Christiane Heggan

1986. A New Hope, Pennsylvanie, une jeune fille du nom de Felicia est retrouvée assassiné. La police incarcère un simple d'esprit. Les rumeurs prennent fin dans la petite ville.

2006. Grace McKensy, conservateur de musée à Washington, apprend que son ancien petit ami, Steven, vient d'être assassiné à New Hope, où il tenait une galerie d'art. Grace va découvrir, avec l'aide de Matt, un agent du FBI originaire de la petite ville, qu'un silence suspect recouvre ces deux crimes... et qu'un terrible lien les unit, enfoui dans le passé de New Hope.

Best-Sellers n°373 • suspense

Le secret brisé - Jasmine Cresswell

Sa vie n'a donc été qu'un mensonge ? Lorsque Jessica Pazmary apprend qu'elle porte depuis toujours le nom d'une autre, elle est en état de choc. Elle n'était qu'une enfant lorsque ceux qu'elle prenait pour ses parents ont péri dans un accident de voiture. Et voilà qu'elle découvre, à trente ans, que ce couple n'a eu qu'une petite fille, morte en bas âge d'une leucémie... Jessica entame alors des recherches pour briser le secret de sa véritable identité. Même si elle doit déterrer des vérités destinées à rester enfouies à jamais...

Best-Sellers n°374 • roman

Le destin des Castelli - Jackie Collins

Quel lien y a-t-il entre Dani, danseuse à Las Vegas, Madison, brillante journaliste new-yorkaise et Vincent, businessman richissime et ambitieux ? Un homme : Michael Castellino, dit Castelli. Un homme, pris dans un engrenage de trahison et de vengeance, et au destin duquel est indissolublement lié celui des trois autres. Car seul le passé sulfureux de Michael explique pourquoi il n'a jamais épousé Dani, bien que fou amoureux d'elle et père de deux de ses enfants. Seule la découverte de ce père secret, à qui il ressemble tant, permet à Vincent de comprendre d'où il vient. Seules les erreurs et les troubles fréquentations de Michael sont cause du danger que court à présent Madison ...

Composé et édité par les
éditions Harlequin
Achevé d'imprimer en janvier 2009

BUSSIÈRE
GROUPE CPI

à Saint-Amand-Montrond (Cher)
Dépôt légal : février 2009
N° d'imprimeur : 81965 — N° d'éditeur : 14072

Imprimé en France